光文社文庫

長編時代小説

乱心

鬼役 参

新装版

坂岡　真

光　文　社

この作品は、二〇一二年六月に光文社文庫より
刊行された『乱心　鬼役　参』に著者が大幅な
加筆修正をしたものです。

目次

幕府の職制組織における鬼役の位置

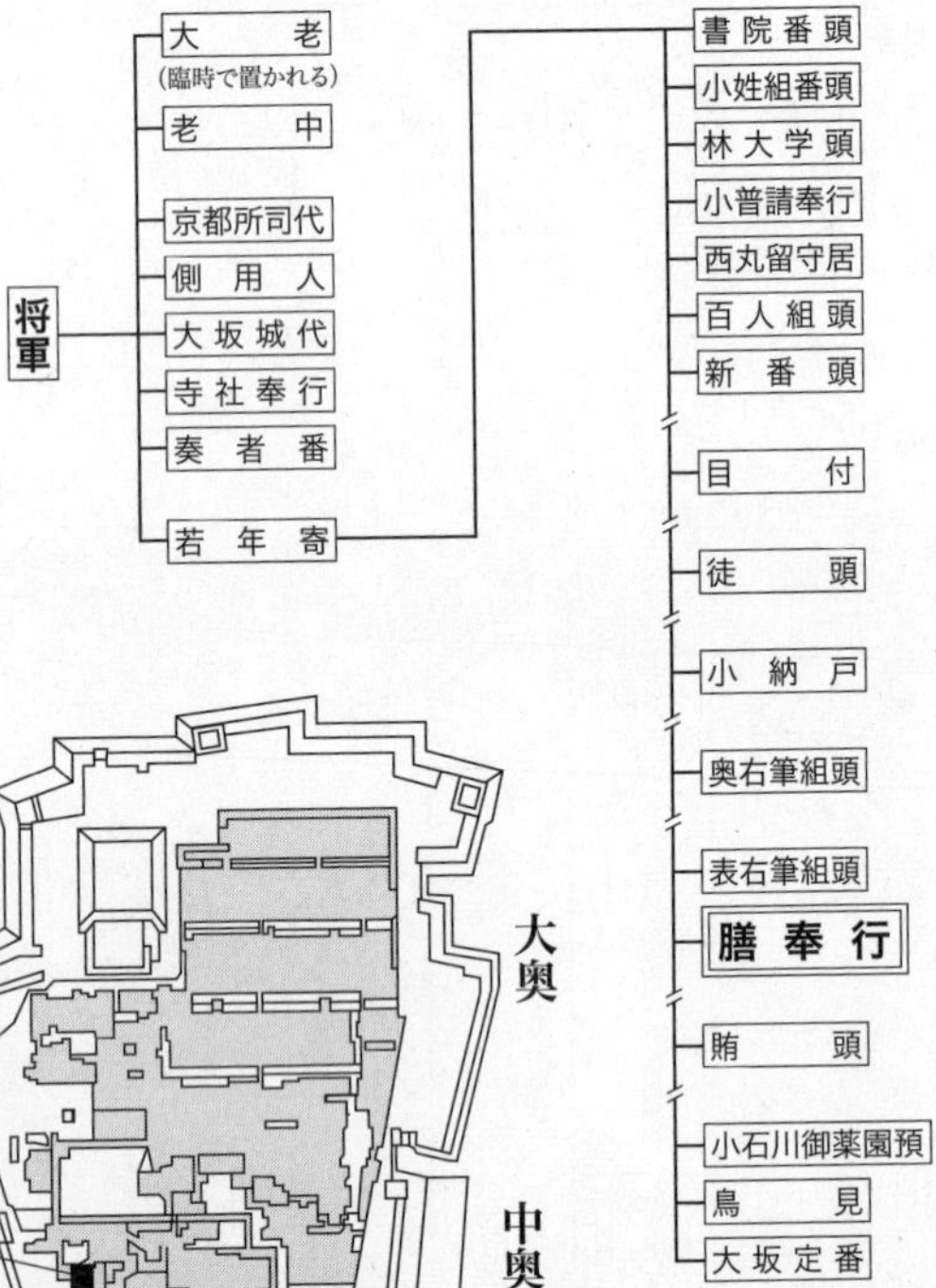

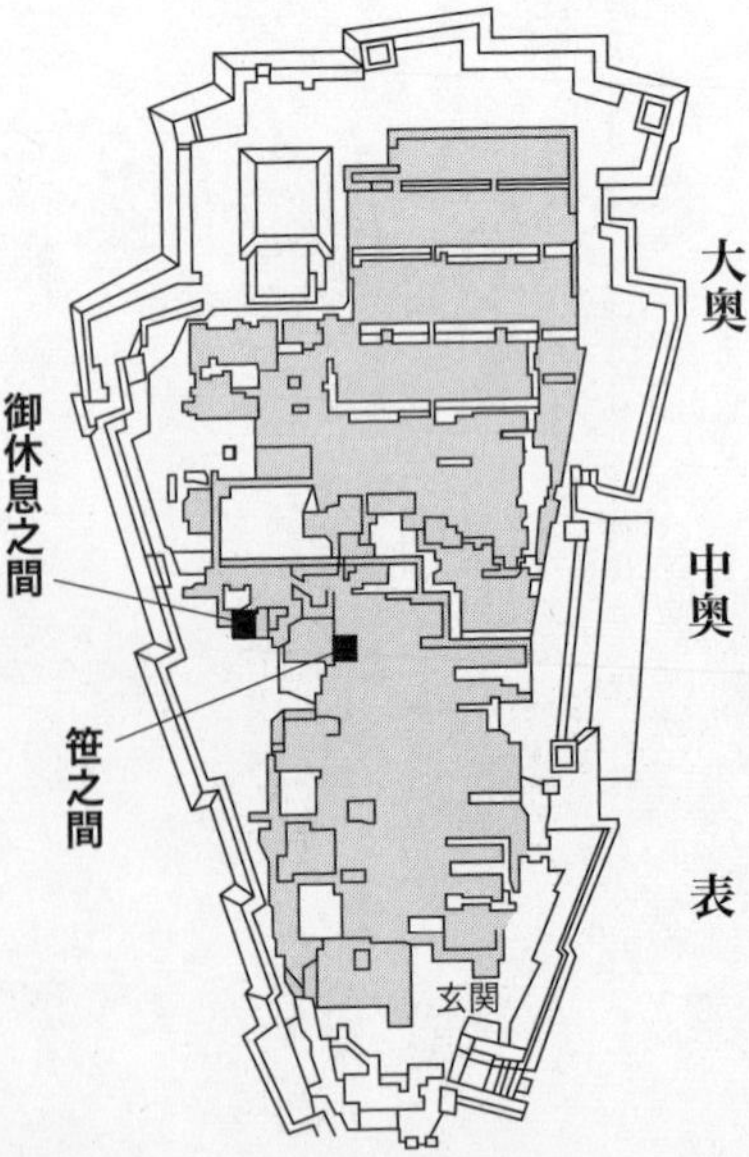

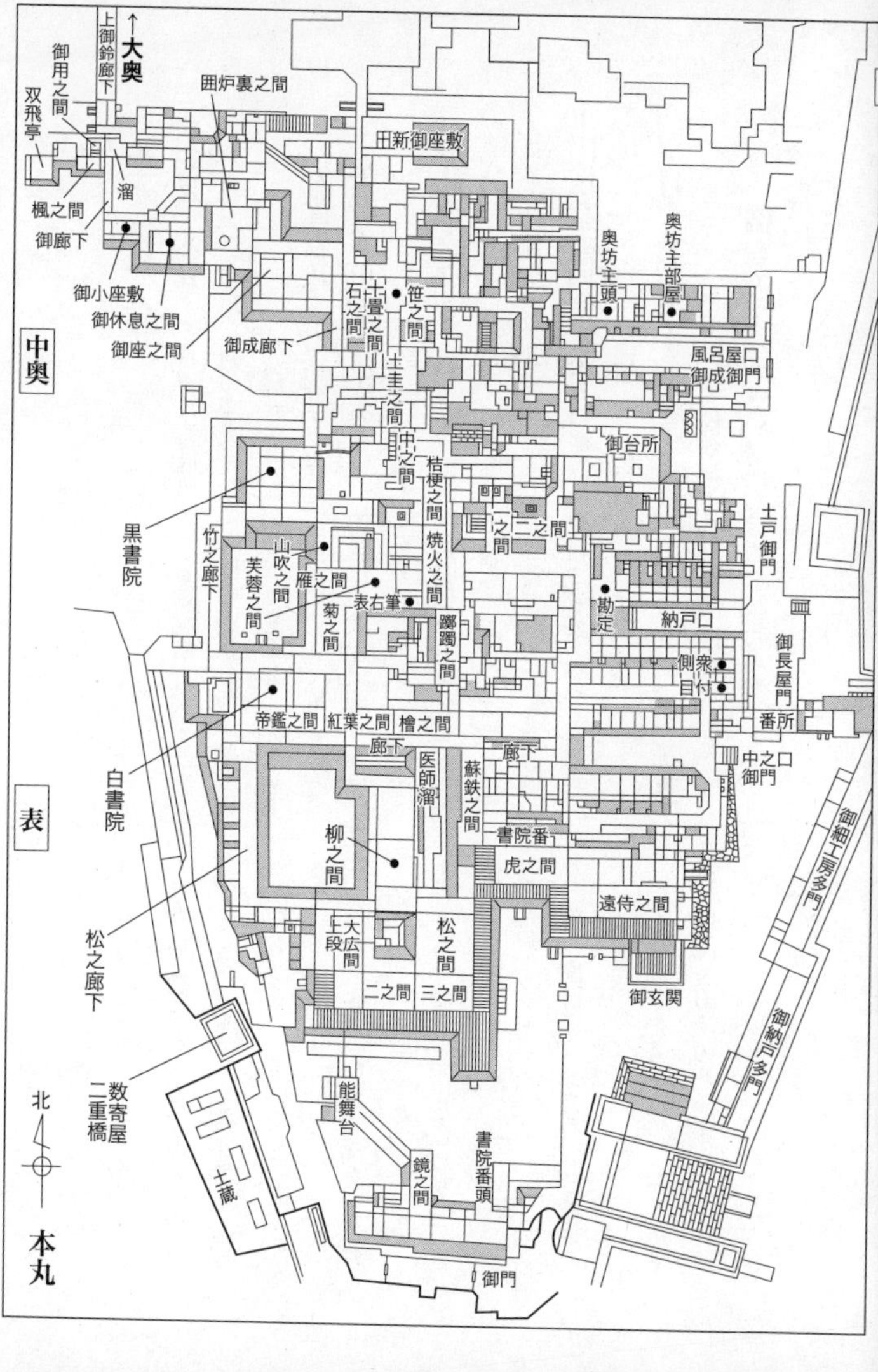

大奥
上御鈴廊下
御用之間
双飛亭
囲炉裏之間
新御座敷
溜
楓之間
御廊下
御小座敷
御休息之間
御座之間
御成廊下
石之間
十畳之間
笹之間
奥坊主頭
奥坊主部屋
風呂屋口
御成御門
中奥
土圭之間
中之間
御台所
桔梗之間
一之間
二之間
土戸御門
黒書院
竹之廊下
山吹之間
芙蓉之間
雁之間
焼火之間
表右筆
菊之間
勘定
納戸口
躑躅之間
御長屋門
側衆
目付
番所
帝鑑之間
紅葉之間
檜之間
廊下
廊下
医師溜
蘇鉄之間
中之口
御門
白書院
御細工房多門
表
柳之間
書院番
虎之間
遠侍之間
松之廊下
上段
大広間
松之間
二之間
三之間
御玄関
御納戸多門
数寄屋
二重橋
能舞台
北
土蔵
鏡之間
書院番頭
本丸
御門

主な登場人物

矢背蔵人介……将軍の毒味役である御膳奉行、またの名を「鬼役」。御役の一方で田宮流抜刀術の達人として幕臣の不正を断つ暗殺役も務めてきた。いまは、御小姓組番頭の橘右近から暗殺御用を命じられている。

矢背志乃……蔵人介の養母。薙刀の達人でもある。

矢背幸恵……蔵人介の妻。徒目付の綾辻家から嫁いできた。蔵人介との間に鐵太郎をもうける。弓の達人でもある。

綾辻市之進……蔵人介の義弟。真面目な徒目付として旗本や御家人の悪事・不正を糾弾してきた。剣の腕はそこそこだが、柔術と捕縄術に長けている。

串部六郎太……矢背家の用人。悪党どもの臑を刈る柳剛流の達人。

土田伝右衛門……公方の尿筒役を務める公人朝夕人。その一方、裏の役目では公方を守る最後の砦。武芸百般に通じている。

望月宗次郎……矢背家の居候。もともとは矢背家の隣人だった望月家の次男。政争に巻き込まれて殺された望月左門から蔵人介に託された。甲源一刀流の遣い手。

橘右近……小姓組番頭。蔵人介に密命を下している。

鬼役 参

乱心

鬼役受難《おにやくじゆなん》

一

天保《てんぽう》三年（一八三二）卯月《うづき》、立夏《りつか》。

ちりちりと松毟鳥《まつむしり》が鳴いている。

江戸は新緑に彩られ、頬を撫《な》でる風も心地よい。

宿直《とのい》明けの帰り道、市ケ谷《いちがや》は浄瑠璃《じようるり》坂の中腹に差しかかったあたり、左手には紀伊新宮《きいしんぐう》藩水野対馬守《みずのつしまのかみ》の上屋敷の海鼠塀《なまこべい》がうねうねと連なっていく。

気配もなく忍びよった影に袖を引かれ、矢背《やせ》蔵人介《くらんどのすけ》は白刃を抜いた。

「へや……っ」

片手持ちの上段から、一毫《いちごう》の躊躇《ちゆうちよ》もなしに斬りおろす。

影はするりと逃れ、地べたに片膝をついてかしこまった。

「お待ちを。土田伝右衛門《つちだでんえもん》にござります」

「ん、尿筒《しとづつ》持ちか」

「は」

役名は公人朝夕人《くにんちようじやくにん》。公方《くぼう》が遠出の際などに尿意を告げたときに、いちもつを摘《つま》んで竹の尿筒をあてがう。それが表の役目。裏の役目はほかにあった。一本差しの軽輩にすぎぬが武芸百般に通暁《つうぎよう》し、まんがいちのときは公方を守る最強の盾《たて》となる。

「お久しゅうござる。さすがは田宮《たみや》流抜刀《ばつとう》術を修めた鬼役どの。太刀行《たちゆき》の鋭さはあいかわらずにござりますなあ」

「ふん。やすやすと躱《かわ》しておきながら世辞《せじ》を述べるとは、嫌味な男よ」

蔵人介は腰反《ぞ》りの強い本身《ほんみ》を黒鞘《くろさや》におさめた。

愛刀は猪首《いくび》の来国次《らいくにつぐ》、柄《つか》内に八寸の刃を仕込んだ長柄刀《ながつかとう》である。

「世辞ではござりませぬぞ。水をも洩らさぬ国次の斬れ味なれば、ようく存じております」

「さようか。して用件は」

「明後日は灌仏会《かんぶつえ》。矢背どのは夕餉《ゆうげ》のお毒味をなされるはず」

「いかにもさようだが」

「二の膳の皿は何にござります」

「鱚《きす》の塩焼きさ。一年中それときまっておる」

「なるほど」

「何をひとりで合点しておる。鱚の塩焼きがどうした」

「たぶん、塩ですな」

「塩、赤穂《あこう》の塩がなんだと申す」

「じつは妙な噂が聞こえてまいりました。灌仏会の夕餉に供される二の膳の皿には気をつけよと」

「毒か」

「はい」

将軍家斉《いえなり》の命を狙う者があったとしても、驚くには値しない。

在位は四十五年の長きにおよび、血を入れかえねばならぬ時期も過ぎた。

もはや、幕府の屋台骨は腐りかけている。

地震、大水、火山噴火といった天変地異もかさなり、日本全土は疲弊《ひへい》の極みにあった。

旱魃《かんばつ》で干涸《ひから》びた水田に痩《や》せた畑、全国の村々では娘売り、子殺し、逃散《ちょうさん》、強訴《ごうそ》、一揆《いっき》のたぐいがあとを絶たない。血に餓《う》えた無頼漢《ぶらいかん》どもは城下町へなだれこみ、悪《あく》辣非道《らつひどう》な蛮行《ばんこう》を繰りかえし、この江戸市中でも押しこみ強盗や火付け、辻斬りのたぐいはめずらしいことではなくなった。

にもかかわらず、家斉は安楽かつ豪奢《ごうしゃ》な城暮らしをつづけ、諫言《かんげん》におよぶ勇気ある家臣は見当たらず、政事《まつりごと》はひとにぎりの側近たちに牛耳《ぎゅうじ》られている。

されば ここはひとつ、腐敗の頂点に君臨する家斉を亡き者にしようと考える輩《やから》がいても、なんらおかしくはないのだ。

無論、腹のなかでおもっていても、口に出して言えることではなかった。

幕臣《ばくしん》として禄を喰《は》んでいるかぎり、愚痴を吐いてはなるまい。

「笑止《しょうし》な」

蔵人介は、怒ったように吐きすてた。

「いったい誰が、さような戯《ざ》れ言《ごと》を触れまわっておるのだ」

「あくまでも噂にござる」

「根も葉もない噂を真に受け、わざわざ忠告しにまいったのか」

「拙者は御命にしたがったまで」

「御小姓組番頭《おこしようぐみばんがしら》、橘《たちばな》右近《うこん》さまの御命か」

「御意《ぎよい》」

尿筒持ちは同朋頭《どうぼうがしら》の配下だが、裏では小姓衆を束ねる番頭の密命にしたがっている。幕初からの定め事により、橘家が「策」を講じ、土田家が探索役の「間《かん》」を担うべきものとされてきたからだ。もうひとつ、悪党奸臣《かんしん》に引導《いんどう》を渡す「剣」の役割を担わねばならぬのが、矢背家とされていた。

「鬼役どの、赤穂の塩にはくれぐれもお気をつけなされませ」

「ふくんでおこう」

公人朝夕人はのっぺりした顔をあげ、艶《つや》のない口端を吊りあげる。

「ひとつお訊きしても」

「なんだ」

「毒と見破りつつも、毒を喰《くら》わねばならぬ。さような瀬戸際に立たされたとき、鬼役どのならばいかがなされます」

「どうするもこうするもない。河豚《ふぐ》毒に毒草に毒茸《きのこ》、なんでもござれ。毒を喰《くろ》うて死なば本望《ほんもう》と心得よ。それが将軍家御毒味役を仰せつかる矢背家代々の家訓よ……ふん、死神と呼ばれる貴公らしからぬ愚問であったな。この矢背蔵人介、上様がおのぞみとあれば、いつなりとでも首を抱いて不浄門から退出いたす。疾《と》うに死ぬ覚悟はできておるわ」

「さすがは閻魔《えんま》大王のつかわしめ、鬼より怖い矢背蔵人介どの……くふふ」

不気味な笑いをのこし、公人朝夕人は煙と消えてしまう。

蔵人介は重い足を引きずり、浄瑠璃坂を登りはじめた。

登りきったさきは武家屋敷の建ちならぶ御納戸町《おなんどまち》、城勤めの納戸方《なんどかた》が多く住み、御用達《ごようたし》を狙う商人の出入りがめだつところから「賄賂町《まいないちよう》」など揶揄《やゆ》されている。

その一角に、矢背家はあった。

二百坪の拝領地に百坪そこそこの平屋、みるからに貧相な旗本《はたもと》屋敷だが、二百俵取りの御膳奉行にはふさわしい。

蔵人介は粗末な冠木《かぶき》門をくぐり、飛び石をつたって式台《しきだい》へむかった。

「おもどりなされませ」

玄関にて出迎えたのは、妻の幸恵《ゆきえ》と七つになった鐵太郎《てつたろう》である。

養母の志乃《しの》は一昨日から風邪をひいて寝込んでおり、従者の串部六郎太《くしべろくろうた》には厄介《やっかい》な居候《いそうろう》の警固《けいご》を命じてあった。

厄介な居候とは焼失した隣家の次男坊のこと。名を望月宗次郎《もちづきそうじろう》という。政争に巻きこまれて殺害された養父、望月左門《さもん》の遺言により居座ってしまった若僧だが、いつも陽の高いうちから廓《くるわ》遊びにうつつを抜かしていた。

当主の蔵人介も先代から仕える下男の吾助《ごすけ》、女中頭のおせきに女中奉公の町娘がふたり、使用人は先代から仕える下男の吾助、

蔵人介は大小を幸恵に預け、廊下を渡って小部屋へはいると、継裃《つぎかみしも》を脱いで着流しになった。

「養母上《ははうえ》のご病状は」

「お熱がひきませぬ」

「玄伊《げんい》どのには診《み》せたのか」

馴染みにしている町医者の名を出すと、幸恵はほっと溜息を吐いた。

「それが……藪医者に掛かるくらいなら、死んだほうがましだと仰せになられ」

「呼ぶなと申されたか」

「はい」

「養母上らしいな。食事は」

「卵粥《たまごがゆ》を少々。それと梅干を」

「さようか」

「どういたしましょう」

「安静にしていただくしかあるまい。鐵太郎をそばに寄せてはならぬぞ」

「心得てござります」

「ちと様子を窺《うかが》ってまいろう」

志乃の部屋は、仏間と隣あわせの離室《はなれ》になる。

蔵人介が足を忍ばせて近づくと、障子のむこうから凛《りん》とした声が掛かった。

「ご当主どの、盗人《ぬすっと》のような歩みはおやめなされ」

「は、申し訳ござりませぬ」

「障子を開けてはなりませぬぞ。瘴気《しょうき》が蔓延《まんえん》いたすゆえなあ」

「瘴気とはまた大袈裟《おおげさ》な」

「ただの風邪と申すのか、こほっ」

「ちがうのですか」

「後生楽《ごしょうらく》な御仁《ごじん》じゃ。これはな、矢背家に不幸がおとずれる兆しにほかならぬ
……ぐほっ、げほげほ、ぐぇほっ」

志乃が激しく咳《せ》きこんだので、蔵人介はおもわず障子に手を掛けた。

「お待ちなされ」

「養母上、放ってはおけませぬ」

「一寸《ちよつと》でも開けたら、腕を落とします」

「な」

志乃は誇り高き矢背家の直系にして、薙刀《なぎなた》の名手であった。

性分《しようぶん》は頑固一徹、いちど口にしたことは死んでも曲げない。

褥《しとね》から起きる気配を察し、蔵人介は身構えた。

かたりと物音がする。

長押《なげし》の槍掛けには、矢背家伝来の「鬼斬り国綱《くにつな》」が掛かっている。

おそらく、志乃は右手を伸ばして「国綱」を取ったにちがいない。

案《あん》の定《じよう》、石突《いしづ》きで畳を叩く音とともに、殺気が膨《ふく》らんだ。

志乃が槍鞘を外し、鋭利な穂先を青眼《せいがん》に構えたのだ。

「蔵人介どの、たかが障子一枚と侮るなかれ。そは瘴気を阻む鉄の壁、開けたら命はないものとおもえ」

「養母上」

「矢背家の家訓をお忘れか。鬼役なれば常在戦場と心得よ」

「いいかげんにしてください。ここは屋敷内でござりますぞ」

「黙らっしゃい。酢の蒟蒻《こんにゃく》のと抜かすようなら、田楽《でんがく》刺しにしてくりょう。いえいっ……」

裂帛《れっぱく》の気合いとともに、刃風が唸った。

おもわず、蔵人介は胸を仰けぞらせる。

「まったく、困りましたな」

あくまでも、ふたりは障子を挟んで対峙《たいじ》していた。

「蔵人介どの、わたくしなんぞのことより御身をご案じなされ。胸に手を当ててみれば、おもいあたる節《ふし》がおありのはず」

「あ」

「ほら、ごらんなさい」

勝ち誇った志乃の声を聞きながら、蔵人介は公人朝夕人の警告をおもいだしていた。

二

二日後、灌仏会。

この日、江戸の武家や富裕な町屋では門口に卯《う》の花《はな》を飾る。矢背家では京洛《けいらく》の慣習にしたがい、丈の高い竿のさきに躑躅《つつじ》の花を飾って屋根に立てた。

一方、千代田《ちよだ》城の城内では紅葉山《もみじやま》の霊廟《れいびょう》を牡丹《ぼたん》や芍薬《しゃくやく》や百合《ゆり》などの花々で飾り、大奥《おおおく》においても先祖の位牌がおさめられた御清之間《おきよのま》に花御堂《はなみどう》が築かれた。ただし、大僧正《だいそうじょう》を招いた法要などの大きな行事はない。行事といっても、奥女中たちが甘茶《あまちゃ》で墨を磨《す》り、虫除《よ》けの呪《まじな》いを奉書紙《ほうしょがみ》に書きつける程度のことだ。

御膳も平常《ふだん》と変わらず、精進料理が出されることはなかった。

家斉は世に知られた健啖家《けんたんか》、家康《いえやす》の祥月《しょうつき》命日であっても御膳の彩りを変えさせない。

「精進料理なぞ、もってのほかじゃ。さよう、勝手場へ申しつたえよ」

還暦というのに食欲旺盛で、酒も浴びるように呑む。

酒といえば、西ノ丸に依拠《いきょ》する嗣子《しし》の家慶《いえよし》は「公方に輪を掛けたうわばみ殿」などと噂されているようだが、本丸《ほんまる》の鬼役にはあずかり知らぬはなしであった。

蔵人介は、中奥《なかおく》の笹《ささ》之間に端座している。

大厨房《おおちゅうぼう》でつくられた料理はまず、この「毒味部屋」へ運ばれてきた。そして、御膳奉行による毒味ののち、小納戸衆の手で「お次《つぎ》」と呼ぶ隣部屋へ移される。「お次」には炉《ろ》が設《しつら》えられ、汁物や吸物は温めなおさねばならない。さらに、椀や皿へ盛りなおし、梨子地《なしじ》金蒔絵《きんまきえ》の懸盤《かけばん》に並べかえる。一の膳と二の膳、厳選された美濃《みの》米を炊いた銀舎利《ぎんしゃり》のお櫃《ひつ》が仕度されたのち、ようやく、公方の待つ御小座敷《おこざしき》へ運ばれていくのだ。

毒味御用の最中は、笹之間から一歩も出られない。小便は事前に済ませておかねばならず、したくなっても漏らすわけにはいかぬ。それこそ、尿筒を用意しておかねばならぬところだが、蔵人介は二十四で出仕してから二十年というもの、粗相《そそう》をしたことは一度もなかった。

役目にのぞむ心境は明鏡《めいきよう》止水《しすい》、これにかぎる。

余計なことを考えれば、箸をもつ手が震えてしまう。魚の小骨を抜きわすれたり、睫毛《まつげ》が落ちたのにも気づかず、小納戸頭取《こなんどとうどり》の中野碩翁《なかのせきおう》から叱責《しつせき》を受けることになりかねぬ。

叱責で済めばよいが、手討ちにされぬともかぎらない。毒味役とは、かほどに繊細な役目にほかならなかった。

笹之間にはつねのように、鬼役ふたりが対峙する恰好で座っている。一方は毒味役、もう一方は見届け役。本丸では五人の鬼役が交替で笹之間に詰める。見届け役は毒味の一部始終を監視するのみならず、落ち度のあった毒味役を介錯《かいしやく》する役割をも担っていた。

もっとも、相番《あいばん》を介錯した例《ためし》はない。蔵人介は請《こ》われずとも、みずからすすんで毒味を引きうける。そのほうが気楽でよかった。それゆえ、他の四人はみな、蔵人介と相番になることをのぞむ。

本日の相番は今江《いまえ》刑部《ぎようぶ》。蔵人介よりも五つほど年輩だが経験は半年と浅い。聞くところによれば、小普請《こぶしん》から引きぬかれた中堅旗本の次男坊らしく、毒味御用を嘗《な》めきっており、一刻も早く役目替えになることを希望していた。

「矢背どの、そろそろ夕餉の御膳がまいろう。上様は多摩《たま》の鮎《あゆ》をご所望《しよもう》なされたと聞いたが、それは二の膳の皿に盛られるのであろうか」

「いかにも。塩焼きを召しあがっていただきます」

「鱚の塩焼きと付け焼きは」

「ございますとも」

「されば、骨取り御用が一品増えたということか」

「鮎は三尾を串焼きにいたすゆえ、手間は三倍にござる」

「ほっ、それはまた難儀な」

「何ほどのことでもござらぬよ」

「まことか。じつは、妙な噂を小耳に挟んだのじゃが」

「灌仏会に供される二の膳には気をつけよ……でござるか」

蔵人介の指摘に、今江は身を乗りだしてくる。

「それよそれ」

「真に受けなさるな」

「そうは申されても、気になって仕方ない」

「夕餉の毒味は拙者の役目。今江どのは見届け役ゆえ、ご案じなさることもありますまい」

「よくもそうして、泰然と構えていられるものよ」

「二十年も勤《つと》めておれば、肝も太うなります」

「さすがは鬼の末裔《まつえい》……あ、いや、お気になさるな。矢背どのの姓があまりにめずらしいゆえ、とあるお方に由来をお訊き申しあげたのじゃ」

「もしや、碩翁さまでは」

「まいったな。矢背どのはなんでもお見通しのご様子。過日、譴責之間《けんせきのま》へ呼びだされ、碩翁さまより鬼役の心構えを説いていただきましてな。そのおり、貴殿のことを伺ったのでござる」

「拙者は碩翁さまに毛嫌いされております。どうせ、ろくなはなしではありますまい」

「とんでもない。羨《うらや》ましいことに、碩翁さまは貴殿を高く買っておいでじゃ」

眉唾なはなしだ。

碩翁こと中野清茂《きよしげ》は、家斉の寵愛厚《ちょうあいあつ》い側室お美代《みよ》の方《かた》の養父である。隠居の身でありながら職禄千五百石《こく》の小納戸頭取に留まり、中奥全体を取りしきっている。それればかりか政事にも口を挟み、影の老中《ろうじゅう》などと陰口を叩かれていた。

一度だけ、隅田《すだ》村の高価な料理茶屋に招かれたことがあった。碩翁は蔵人介が居《い》合《あい》の達人と知り、子飼いの刺客にならぬかと誘いかけてきたのだ。それを言下に断って以来、いずれは中奥から爪弾きにされるものと覚悟をきめていた。

「碩翁さまによれば、矢背家は禁裏《きんり》に関わりの深いお家柄とか」

矢背家の由来は、遥か千二百年前まで遡《さかのぼ》る。壬申《じんしん》の乱《らん》の際、天武《てんむ》天皇が洛北《らくほく》の地で背中に矢を射かけられた。それゆえ「矢背」と名づけられた地名は、やがて「八瀬《やせ》」と表記され、彼《か》の地に住みついた民は八瀬童子《どうじ》と称されるようになった。

八瀬童子は比叡山《ひえいざん》に隷属《れいぞく》する寄人《よりうど》にして、延暦寺《えんりやくじ》の座主《ざす》や皇族の輿《こし》を担ぐ力者《りきしや》でもあった。いにしえの伝説によれば、この世と閻魔王宮のあいだを往来する輿かきの子孫とも、大王に使役《しえき》された鬼の子孫ともいわれ、戦国の御代《みよ》には禁裏の間《かん》諜《ちよう》となって暗躍した。闇の世界では「天皇家の影法師」と畏怖《いふ》され、絶頂期の織《お》田信長《だのぶなが》でさえも闇の族《うから》の底知れぬ能力を懼《おそ》れたという。

矢背家は八瀬童子の首長に連なる家柄であった。

「代々、女系とも伺ったが」

「ええ、拙者はただの養子でござるよ」

蔵人介は御家人《ごけにん》の出であった。実父の叶《かのう》孫兵衛《まごべえ》は、ありもしない江戸城の天守を三十有余年も守りつづけた人物だ。妻を早くに亡くし、御家人長屋で貧乏暮らしをつづけながら幼い蔵人介を育てた。そして、息子を旗本の養子にする夢は叶えたものの、蔵人介が養子にはいったさきは、誰もが敬遠する毒味役の家だった。

昨春、忠義一筋に生きた反骨漢《はんこつかん》は天守番の役目を辞し、侍身分も捨て、神楽《かぐら》坂にある小料理屋の亭主におさまった。

蔵人介は十七で矢背家の跡目《あとめ》相続を容認されたが、そのころは毎日が過酷な修行の連続だった。亡くなった養父の信頼《のぶより》からは、毒味作法のみならず、田宮流居合の極意までも手厳しく仕込まれた。

その信頼も、御家人出身の養子だった。信頼と志乃は子を授からず、鬼の血を引く矢背家の血脈は志乃で途絶えることとなった。妻の幸恵は徒目付《かちめつけ》の綾辻《あやつじ》家から娶《めと》った女性《にょしょう》なので、一粒種の鐵太郎にも鬼の血は流れていない。

しかし、矢背家の矜持《きょうじ》と気概だけは伝授したいと、蔵人介は強くおもっている。

それはまた、養父の遺言でもあった。

遺言といえばもうひとつ、信頼から極秘裡《り》に受けついだ御用がある。

表向きの御用ではない。

奸臣《かんしん》の悪事不正を一刀のもとに断つ。

志乃さえも知らぬ、暗殺御用にほかならなかった。しかし、雇い主であった若年寄《わかどしより》の長久保加賀守《ながくぼかがのかみ》は、もはや、この世にいない。蔵人介が激憤に駆られ、斬ってすてた。長久保加賀守こそが正義の仮面をつけた奸臣。それと知った刹那《せつな》、白刃を抜いたのだ。

飼い犬は縛《いまし》めから解きはなたれた。だが、世の中にはどうしても斬らねばならぬ悪党がいる。それがわかっているだけに、今も暗殺者の衣を捨てきれずにいた。人斬りは御免蒙《こうむ》る。のぞんでなどおらぬと、おのれに言い聞かせつつも、新たな飼い主をもとめて、蔵人介は畜生道をさまよっているのである。

「矢背どの、おゆるしくだされ。貴殿のことを詮索《せんさく》するつもりは毛頭《もうとう》ないのじゃ」

今江は頭をさげ、こんどはみずからの出自を語りはじめた。

別段、興味を惹く内容でもない。旗本の穀潰《ごくつぶ》しとして気儘《きまま》に育ち、小普請のころは禁漁区の濠《ほり》内に釣り糸なぞを垂れていたものだが、いざ城勤めになってみると小さな悪さもできなくなった。どうにも肩が凝って仕方ない、といったはなしには相《あい》槌《づち》を打つ気にもならない。

ただ、遠縁にあたる小林誠左衛門《こばやしせいざえもん》なる旗本の出世話には惹きつけられた。

出世に縁も関心もない蔵人介でも、齢《よわい》七十で小普請から勘定《かんじょう》奉行に抜擢された老臣の噂なら知っている。

小林は五十過ぎまで勘定所の小役人だったが、悪貨の鋳造濫発《ちゅうぞうらんぱつ》に抗《あらが》う意見を吐いて役を干された。小普請に追いやられ、二十年近くも冷や飯を食わされたすえの大出世である。話題にのぼらぬほうがおかしい。

幕閣《ばっかく》のお偉方もたまには粋な登用をするものだと評判になり、小役人も小普請の連中も出世意欲を掻きたてられた。箍《たが》の弛《ゆる》んだ幕臣たちに活を入れる意味では、それなりの効果はあった抜擢とみてよい。

だが実際、七十の老人にどれだけのことができるのか。

蔵人介にかぎらず、首を捻《ひね》る者は少なくなかった。

やがて、毒味の御膳がうやうやしく運ばれてきた。

部屋はその瞬間、しんと静まりかえる。

蔵人介は威儀を正して、柏手《かしわで》を打った。

瞑目《めいもく》し、いっさいの物音を遮断する。

聞こえてくるのは森の奥に流れるせせらぎの音、雨上がりの湖面を渡る風の音、そして幾千という樹々の葉から一斉に滴りおちる青時雨《あおしぐれ》の音、いずれも想像の産物である。やがて心は空《くう》となり、のたりのたりと小舟で凪《なぎ》に漕ぎだせば、霞《かすみ》の衣が晴れたむこうに、はっきりと彼岸がみえてくる。

蔵人介は、決然と眸子《まなこ》をひらいた。

今江も小納戸衆も意識の外に追いやられ、庖丁方が腕によりをかけて作った料理の品々だけが目に映しだされる。

懐中から竹箸を取りだし、鼻と口を懐紙で隠した。

箸を右手で器用に動かしながら、まずは一の膳のつみれ汁に取りかかる。向こう付けは桜葉を敷いた平目《ひらめ》の刺身、煮物には青鷺《あおさぎ》、車海老の付け焼きに若筍《わかたけ》煮などもあり、焼き茄子《なす》の皿や酢の物の小鉢などもみえる。

これらを手際よく片づけるころには、二の膳が運ばれてきた。薄塩仕立ての鱸《すずき》の木の芽和《あ》え、置合《おきあ》わせは蒲鉾《かまぼこ》と玉子焼き、お壺《つぼ》は鱲子《からすみ》、定番の献立である。

汁椀から小鉢へ、小鉢から猪口《ちょく》へ、毒味は淡々とすすんでいった。

いよいよ魚の番になると、今江はごくりと唾を呑みこんだ。七宝《しっぽう》焼の平皿には鰆の塩焼きと付け焼き、それから、鮎の塩焼きもちゃんとある。鮎は三尾とも竹串を口から刺し、背骨に沿ってまっすぐ突きとおされていた。鰭《ひれ》が焦げつかぬように化粧塩がなされ、焼き加減は表七分《ぶ》に裏三分でこんがり焼かれている。

魚の骨取りは鬼役の鬼門《きもん》、魚のかたちをくずさずに背骨を抜き、竹箸で丹念に小骨を取らねばならない。頭、尾、鰭の形状を保ったまま骨抜きにするのは、熟練を要する至難の業《わざ》だ。

だが、蔵人介はいとも簡単にこなしていった。

睫毛を落とさぬように瞬《まばた》きもせず、息継ぎすらしない。

骨取りに全神経を集中し、素早く的確にこなしてゆく。

四半刻《しはんとき》(三十分)足らずで骨取りを済ませ、ほっと肩の力を抜いた。

「いや、感服《かんぷく》つかまつった」

感嘆の声を洩らす今江を、ぎろりと睨《にら》みつける。

役目はまだ、終わっていない。

もっとも重要な「食べる」という行為がのこっている。

——赤穂の塩にはくれぐれもお気をつけなされませ。

忽然《こつぜん》と、公人朝夕人の警告が耳に甦ってきた。

やはり、怪しいのは鱚よりも鮎のほうだ。

三尾とも串を抜き、小骨もみな取った。

皮をのこし、身を少しだけ箸先でつつきたいところだが、塩の振られた皮にこそ毒がふくまれている公算は大きい。

使用されるとすれば、植物の毒であろう。

それが山鳥兜《やまとりかぶと》の塊根《かいこん》を風乾《ふうかん》させた烏頭《うず》であれば、いちころだ。

鉄の胃袋をもつ蔵人介でも烏頭には抗すべくもない。
ええい、ままよ。
箸先で鮎の皮と身をつまみ、さっと口に運んだ。
香気《こうき》のなかに、微妙な苦味が混じっている。
うっ、やられたか。
直感しつつも、咀嚼《そしゃく》もそこそこに呑みこんだ。
「うぬっ」
効き目はすぐにあらわれ、胃袋に激痛が走った。
月代《さかやき》に膏汗《あぶらあせ》が滲《にじ》み、血管がどくどく脈打ちはじめる。
酸っぱい胃液が、一気に逆流しはじめた。
「矢背どの」
異変に気づいた今江の叫びが、激痛に拍車をかける。
それでも、蔵人介はじっと耐えた。
焼けつくような食道へ水を流しこみ、眦《まなじり》を吊りあげて正面を睨みつける。
何かをみているわけではない。ただ、目を閉じるのが怖かった。目を閉じた途端、
底無し沼へ引きずりこまれてしまうのではないか。そんな恐怖に駆られたのだ。

胃袋の中味を吐瀉《としゃ》すれば、助かる見込みはまだある。

そうせい、吐いてしまえ。

だが、吐けば役目不首尾《ふしゅび》となじられ、詰め腹を切らされるやもしれぬ。

ここは一か八か、みずからの生命力に賭けてみるよりほかになかった。

「不審事か」

「毒じゃ、毒じゃ」

小納戸衆が、どっと笹之間へ押しかけてくる。

「うろたえるでない。ええい、静まれ」

廊下のむこうで、碩翁の疳高《かんだか》い声が響いた。

「いったい、何があったのじゃ」

質《ただ》された誰かが、声をひっくりかえす。

「鬼役どのが毒を」

「啖《くろ》うたのか」

「は」

「誰じゃ、誰が毒を啖うた」

「矢背、蔵人介どのにござりまする」

「矢背か、ようし」

総白髪の碩翁が騒々しく踏みこんできた。

蔵人介は正座したまま、石地蔵のように動かない。

いや、動くことができなかった。

漬物石でも呑みこんだかのように、胃袋が重い。

「おぬしら、何をうろたえておる」

碩翁は唾を飛ばし、小納戸衆を怒鳴りつけた。

「早う連れだせ。鬼役を城外へ運びだすのじゃ」

「はは」

運びだされるのは、不浄門からであろうか。

大勢の蠢《うごめ》く気配が、急速に遠のいていった。

三

——チリチリチリ。

松毟鳥が庭で鳴いている。

蔵人介は褥のうえに半身を起こした。

「あ、お殿さまがお目覚めになられました」

聞き覚えのある声は、女中奉公の娘のものだ。

ぱたぱたと家人の跫音《あしおと》が聞こえ、誰かが襖を開けはなつと、眩《まばゆ》いばかりの陽光に双眸《そうぼう》を射抜かれた。

「朝だな」

どうやら、地獄のとばぐちから舞いもどってきたらしい。

「われながら、しぶとい男よ」

片頬で笑い、そっと胃袋を撫でる。

「お加減はいかがですか」

幸恵が滑るように身を寄せ、寝不足の眸子《まなこ》をむけてきた。

妻の疲れた顔を愛おしげに眺め、蔵人介はじっくり頷《うなず》いてみせる。

「ふむ。腹が減った」

「痛みのほうは」

「嘘のように消えておる」

「それはそれは、ようござりました」

「養母上《ははうえ》のご病状は」

「ご本復《ほんぷく》にございます」

「ほ、さようか」

「ただし、瘴気が抜けぬゆえ、本日も仏間にお籠《こ》もりあそばすとか」

「ふうん」

「お城の方々がお見えになられても、ご挨拶すらなされませぬ。おかげで、わたくしめはてんてこ舞いにございます」

「愚痴をこぼすな。たった一日のことではないか」

「一日ではございませぬ。殿さまは三日も眠っておられたのですよ」

「まことか、それは」

「はい、生死の狭間をさまよいながら魘《うな》されておいでに。奥医師《おくいし》の中村順庵《なかむらじゅんあん》さまなどは、六文銭《もんせん》を用意しておけとご命じになられました」

蔵人介は不思議そうに幸恵をみつめる。

「中村順庵と申せば、上様お抱えの法眼《ほうげん》ではないか」

「いかにも、大奥で最高位のお医者さまにございます」

「どなたのお指図で、法眼どのが寄こされたのだ」

「どなたもこなたも、公方様にござりますよ」

「げっ」

「驚かれましたか」

「いささかな」

「『毒と知りつつ毒を喰うとは天晴《あっぱ》れ至極《しごく》、さすがは鬼と呼ばれた信頼の子じゃ』とお褒めになられたとか。近々お目通りのうえ、ご褒美《ほうび》のお品を御下賜《ごかし》いただけると伺いました」

「まさか」

「碩翁さま直々のお言葉なれば、嘘偽りはござりませぬ」

「碩翁さまが、まことさように仰《おっしゃ》ったのか」

「矢背蔵人介は幕臣の鑑《かがみ》とまで仰せられました」

「なにやら、こそばゆいな」

「うふふ、素直にお受けなされませ」

腹黒い碩翁のこと、額面どおりには受けとれぬものの、喜びがないといえば嘘になる。

くうっと、腹の虫が鳴いた。

「幸恵、卵粥を作ってくれぬか」

「はい、ただいま」

幸恵が去ると、縁側のむこうに蟹のようなからだつきの男があらわれた。

「殿、おめざめですか」

用人の串部六郎太である。

「お顔の色もよろしいようで。一時はどうなることかと焦りましたぞ」

「わしが死ねば、おぬしは路頭に迷うからな」

「憎まれ口を利かれるようなら、もう大丈夫ですな」

「宗次郎はどうしておる」

「あいもかわらず廓に入りびたりで。されど、ここ数日は浮かぬ顔をなさっておられましてな。殿のご容態をご案じなのではないかと」

「それはあるまい」

「いいえ。殿がお考えになるほど、情の薄い御仁ではありませぬぞ」

なんとなくわかるような気もする。

いつもふてくされた面をした若僧だが、志乃と幸恵の受けもよい。吉原《よしわら》で一、二を争う花魁《おいらん》には、本気で惚れられているという。朋輩《ほうばい》の窮地を救うべく命懸けで奔《ほん》走《そう》したこともあり、ほんとうは心根の優しい若者なのだ。

もっとも、廓で気儘に遊ばせているのには、蔵人介と串部のふたりしか知らぬ理由がある。

西ノ丸の世嗣家慶が若いころ、身分の低い御殿女中に産ませた子なのだ。

宗次郎には、徳川宗家《とくがわそうけ》の血が流れている。

本人も知らぬことだが、生まれた順番からすれば次期将軍の嫡男にほかならない。

今から二十数年前、嬰児《みどりご》は出自を秘されたまま、隣人の望月家へ託された。

誰が何の目的で託したのか、蔵人介は知らない。

敢《あ》えてその理由を詮索しようともおもわない。

それが本人のためであるような気もする。

自由気儘な宗次郎にとって、魑魅魍魎《ちみもうりょう》の跋扈《ばっこ》する城中での暮らしは耐え難いものだろう。

「大奥さまが、万が一のときは宗次郎どのを若君の後見人にせねばなるまいと、仰せになられましてな」

「宗次郎を後見人にだと」

鐵太郎に何かあれば、志乃は宗次郎を養子にして家を継がせるつもりなのだ。

寂しいはなしだが、志乃は志乃なりに矢背家を存続させる道を模索している。

幸恵が聞けば、よい気はせぬであろう。

志乃が薙刀の名手ならば、幸恵は小笠原《おがさわら》流弓術の練達《れんたつ》、重籐《しげどう》の弓を引かせたら右に出る者はいない。このところ、嫁と姑は対等に渡りあうようになってきたので、ひと悶着《もんちゃく》起きるにちがいなかった。

「串部」

「承知してござります。奥方さまには内緒にしておきましょう」

「ところで、毒はやはり鳥頭であったか」

「は、おそらくは。赤穂の塩とともに、鮎の皮に粉がまぶされておったのでしょう」

「下手人の探索は」

「碩翁さまの厳命により、御庭番《おにわばん》から御小人《おこびと》衆、町奉行所の隠密廻《おんみつまわ》りにいたるまで動いております」

庖丁人ら勝手衆は無論のこと、出入りの商人や配膳の小納戸衆も漏れなく調べられているはずだ。

「されど、今のところ手懸かりはなしとか。鮎に粗塩《あらじお》を振ったのちになりましょうう。


が、烏頭粉なれば寸暇《すんか》の間に細工もできましょう」

仕込みから焼きの前後、盛りつけて笹之間へ運ばれる寸前まで、細工の機会はいくらでもある。内部の者を使った犯行にまちがいないが、下手人の特定は難しかろう。

「かといって、捨ておくわけにもゆくまい」

「ひょっとしたら、下手人が仕立てられるやもしれませぬな」

「ふむ」

適当な者に罪を着せ、一件を落着させるのだ。

家斉が安心すれば、とりあえずはそれでよい。

碩翁の考えそうなことだ。

「そういえば、昨夜遅く、大奥で小火《ぼや》があったそうです」

「ほう」

「長局《ながつぼね》は一《いち》の側《かわ》の御老女部屋より出火し、ご就寝中の瀧川《たきがわ》さまは着の身着のままで逃げだしたとか。なれど、御末《おすえ》の機転で火は消され、事なきを得たそうです」

「瀧川さまと申せば、お美代の方さまの知恵袋であったな」

「いかにも。お美代の方さまがこれまでに御台《みだい》様をないがしろにされてきたのは、瀧川さまの助言によるところが大きいとか。こたびの小火も、積もり積もった恨みを晴らすべく、御台様付きの誰かが赤猫《あかねこ》におよんだのではないか。さようながった見方もございます」

串部が大奥の事情に詳しいのは、表使《おもてづかい》の村瀬《むらせ》と繋《つな》がっているからだ。大奥に阿片《あへん》が蔓延するのを未然に防いで以来、中奥との繋ぎ役を務める村瀬は何かと蔵人介を頼りにしていた。どろどろした権力闘争に関わりたくはないが、大奥に精通している村瀬のはなしを聞けば、公方を取りまく魑魅魍魎の暗躍が透《す》けてみえることもある。

「公方様の周辺では凶事がつづいておりますが、拙者に言わせれば、すべては御自らお招きになったことにござろうかと」

「串部、さようなことを口外いたせば首が飛ぶぞ」

「はあ」

「いずれにしろ、毒を仕込んだ者を突きとめねばなるまい」

「殿、われわれも動きますか」

「あたりまえだ。とぼけたことを抜かすな」

御城坊主や小納戸衆に顔を知られている者で、城内の中枢《ちゅうすう》へ闖入《ちんにゅう》できる者は皆無に等しい。やはり、何者かが内部の者を使ったのであろう。

蔵人介はこの一件の背景に、何か得体《えたい》の知れない者の影を感じとっていた。

「外道《げどう》めが、汚い手を使いよって」

「殿にしてはおめずらしく、お怒りのご様子ですな」

「毒を盛られて平気でいられるはずがあるまい。相手がどのような難敵でも、かならずや仕留めてみせる」

「ほほう、封印なされていた国次を抜かれますか」

「事と次第によっては、抜かずばなるまい」

威嚇《いかく》ではない、斬るために抜くのだ。

力みかえった途端、くうっと腹の虫がまた鳴った。

幸恵が白い湯気を抱え、廊下のむこうから近づいてきた。

四

卯月十七日巳《み》ノ刻（午前十時）、晴れ。

床上げから六日経ち、毒もきれいに抜けた。

蔵人介は家斉より直々に褒美を賜るべく、青磁色《せいじ》の熨斗目《のしめ》を纏《まと》って登城した。

この日は日光東照宮《にっこうとうしょうぐう》の例大祭、東照大権現《とうしょうだいごんげん》（徳川家康）の祥月命日でもあり、表向きは祝い事を控えねばならぬのだが、一昨日から在府の外様《とざま》大名たちが参勤交代にあたって暇乞《いとま》いの挨拶に訪れており、公方が暇なのは今日くらいしかない。

この機を利用し、直参《じきさん》の褒賞《ほうしょう》は内々で手っとりばやく済ませてしまおうという意図が読みとれた。

仕切りはすべて、中野碩翁に一任されている。

目見得《めみえ》の場は、中奥の御座之間縁頰《ござのまえんがわ》。

なんのことはない、笹之間から一歩出た廊下のさきだった。

とはいえ、表向《おもてむき》玄関脇の遠侍《とおさぶらい》から御用部屋の裏廊下を渡って中奥にいたる平常の出仕とは様子が異なっていた。

慣例どおり、月番《つきばん》若年寄に登城を上申すると、案内の坊主が寄こされ、まずは壮麗な大広間の外周を廻って松《まつ》の廊下へ通された。さらに、玉砂利の敷きつめられた中庭を眺めながら白書院の脇を通って竹の廊下へ、黒書院脇から新番所《しんばんしょ》前廊下の土《と》圭之間《けいのま》下へと導かれ、白足袋《しろたび》を脱いでしばらく待機させられたのち、口奥《くちおく》と称する御錠口《おじょうぐち》から中奥へ召しだされたのだ。

蔵人介は今、掃き清められた中庭を背にしていた。

廊下を挟んで正面には御座之間の御下段之間がみえ、塵《ちり》ひとつない畳のむこうには御上段之間がある。白書院や黒書院にくらべて簡素な佇《たたず》まいだが、それでも、襖や壁は狩野《かのう》派の筆になる金箔《きんぱく》の屏風《びょうぶ》絵に彩られ、床の間に飾られた舶来《はくらい》の香炉《こうろ》は沈香《じんこう》を燻《くゆ》らせていた。

毒味御用をつとめる笹之間は目と鼻のさきだが、あきらかに、いつもとは景色がちがってみえる。なにせ、初めて出仕を許された日以来、家斉の顔を直に拝む機会はほとんどなかった。

じつに、二十年ぶりの目見得なのだ。

何千食と毒味をしてきたにもかかわらず、公方の顔も声も知らぬ。

遠い記憶のなかにある家斉は、恰幅のよい紅顔の偉丈夫《いじょうぶ》であった。

二十年前といえば蔵人介は二十四、家斉は四十の男盛りである。

外見もずいぶん変わっていようが、蔵人介には想像すべくもない。

数年前までは「白牛酪《はくぎゅうらく》」なるものが家斉の大好物だった。

房州嶺岡《ぼうしゅうみねおか》の牧場に、吉宗《よしむね》公の御代から乳牛が飼育されている。新鮮な乳牛の乳を搾って精製する「白牛酪」を常食としていたがために、家斉は腎虚《じんきょ》知らずの絶倫ぶりをみせつけた。

側室は四十人、子は記録にあるだけでも五十五人におよぶ。そのうち半数以上は早世《そうせい》したが、成人した子は御三家や御三卿、御家門や外様の大大名と縁組みさせられた。

なるほど、子孫をのこすという将軍の役目は充分に果たしている。

その代わり、政事はおろそかになった。

決裁すべき書面に目を通せば、途端に眠くなる。花押《かおう》捺印はすべて側近に任せ、大奥へ入りびたるようになり、安楽な将軍と周囲に目されていた。

家斉はしかし、若い時分から頭痛に悩まされてきたらしい。

先代家治《いえはる》の継嗣《けいし》ときまっていた長男、当時十八歳の家基《いえもと》は、鷹狩りに出掛けて頓死《とんし》した。家斉は時の老中であった田沼意次《たぬまおきつぐ》の推輓《すいばん》により、急遽《きゅうきょ》、一橋《ひとつばし》家から世継ぎとして迎えられた。当初より、家基の死因は毒殺であったとの噂が絶えず、家斉も噂を信じた。家基の祟《たた》りを懼れるあまり、頭痛持ちになったというのだ。

そうした伝聞の真偽も、一介の毒味役にすぎぬ蔵人介にはたしかめようがない。

ともあれ、家斉は在位四十五年ものあいだ、御座之間で数多《あまた》の使者や家臣たちに謁見《えっけん》してきた。祝いの儀式など鼻糞を穿《ほじ》るのとおなじようなものであろうが、目見得を受ける者にしてみれば一世一代の誉《ほま》れにほかならない。

出世の見込みもない蔵人介にとっては、それほど大袈裟なものではないが、やはり命懸けの奉公がみとめられたことは素直に嬉しかった。

それにしても、遅い。

すでに、半刻《はんとき》（一時間）は待たされている。

気づいてみれば、縁頰の陽だまりには、蔵人介のほかにも召しだされた幕臣が七人も並んでいた。

初登城と察せられる若侍もいれば、頭に雪をかぶったような老侍のすがたもみえる。誰もがみな、緊張で頰を強張らせていた。まるで、石地蔵が熨斗目を羽織って並んでいるかのようだ。

蔵人介にも緊張が伝染《うつ》ってしまったようで、胃袋がしくしく痛みだす。

袖に隠した熊胆《ゆうたん》を、爪の先ほど削ってそっと嘗めた。

苦い。

われながら小心者だなとおもいつつ、苦笑いを浮かべる。

落ちつきを取りもどすと、こんどは屁《へ》を放《ひ》りたくなった。

ここは我慢だ。

我慢しすぎると大便をもよおしてくるのだが、今ここで屁を放るわけにはいかぬ。

歯を食いしばった。

すると、正面脇の襖が音もなく開き、碩翁がそっくりかえるほど胸を反らしてあらわれた。

「こほん……方々、御目見得にあたり、ご留意いただきたいことがござる。ご承知のとおり、本日は東照大権現様の祥月命日にて、なるべく簡素に式をとりおこなわねばならぬ。その旨《むね》をおふくみおきいただき、まずは、このたび御勘定奉行にご昇進なされた小林誠左衛門どのから、上様のご上意を賜っていただきたい」

「はは」

嗄《しゃが》れ声で返答する老人の顔を、蔵人介は首をひねって見てみたい衝動に駆られた。

悪貨の鋳造濫発に反対し、二十年近くも冷や飯を食わされたすえ、齢七十で小普請から勘定奉行に抜擢された人物。今江刑部のはなしにもあった反骨の老臣が木賊《とくさ》色の熨斗目を纏い、隣の隣に座っているのだ。

碩翁のくどくどしい説明はつづいた。

「拙者が、それへと指図申しあげたら、そこの敷居際まで躙《にじ》りよっていただきたい。

再度、それへと申しあげるので、敷居の内へ半身ほど入れて平伏し、しかるのちに上様よりご上意を賜っていただく。なお、時服《じふく》などの戴《いただ》き物は、のちほど別室にてお下げいたす。とまあ、このような段取りで。小林どの、よろしいかな」

「はは、かしこまりました」

勘定奉行は小納戸頭取の上席。通例であれば、勘定奉行の任命は老中の取りなしによっておこなわれる。

公方と直に口を利くことは許されぬので、老中が小林誠左衛門の代わりに「畏れながら結構なお役目を仰せつけられ、有り難き幸せに存じまする」などと言上《ごんじょう》し、家斉より「念を入れてあい勤むべし」との上意を受ける。そして、老中が「かしこまり奉《たてまつ》り候《そうろう》」と応じて儀式は終了する。

ところが、一介の旗本にすぎぬ碩翁が、大名である老中の代わりをするという。家斉の赦《ゆる》しを得てのことだろうが、誰の目にも碩翁の威勢を内外に印象づけるための催しとしか映らなかった。

莫迦《ばか》くさい。

蔵人介の緊張が一気にゆるんだ。

ゆるんだ途端に尻が浮き、ぶふぉっと屁が漏れた。

と同時に、御上段之間の襖が開き、先導役の小姓につづいて、醜悪《しゅうあく》なまでに肥えた家斉がのっそりあらわれた。

「上様の御成《おなり》である、方々、控えませい」

「へへい」

碩翁の掛け声を聞き、縁頬の八人が八人とも平蜘蛛《ひらぐも》のように平伏《ひれふ》した。

その瞬間、ぷうんと臭気がただよってきた。

われながら、臭すぎる屁だ。

が、誰も顔をあげない。

家斉も碩翁も、ことばを発しない。

「げほっ、ひげほげほ」

突如、家斉が噎《む》せるように咳きこんだ。

蔵人介は、耳まで赤くなっている。

家斉が不快に感じて席を立てば、厳しい処分は免《まぬか》れまい。

屁を放ったおかげで詰め腹を切らされるはめにでもなれば、末代まで語りつがれる恥辱《ちじょく》となろう。

志乃の般若《はんにゃ》顔が目に浮かぶ。

幸恵には離縁状をしたためてやらねばなるまい。

困った。進退窮《きわ》まったか。

と、そこまで考えたとき。

八人のなかでただひとり、ひょいと顔をあげた者があった。

小林誠左衛門である。

「御免」

凜然《りんぜん》と発して股立《ももだ》ちを取るや、背後の中庭へひらりと飛びおり、玉砂利のうえに正座してみせる。何をするのかとおもえば、しゅっと熨斗目を脱ぎはなち、小袖をも脱いで諸肌《もろはだ》となった。

肋骨《あばら》のめだつ鶏《とり》がらのような裸、黒ずんだ皮膚は弛んでいる。

家斉も碩翁も呆気《あっけ》にとられ、すべての者が声を失っていた。

「上様、刮目《かつもく》なされい」

老臣は叫ぶなり、干涸びた腹の皮を摘みあげた。

手にした小《ちい》さ刀《がたな》を逆《さか》しまに構え、素早く左腹に突きたてる。

「天下の惨状、とくとご覧《ろう》じなされませ、いえい……っ」

皺腹《しわばら》に刺さった刃が、ぐいと真横に引かれた。

「ぬおっ」

すかさず、刃は引きぬかれ、下腹の中央に突きたてられる。

そして、縦一線に引きあげられるや、どす黒い血が飛沫《しぶき》となって噴《ふ》きだしてきた。

十文字の切り口が開き、小腸がぞろぞろはみだしてくる。

膝下《しっか》一面が真紅《しんく》に染まっても、反骨の老臣はじっと家斉を見据えている。

「こ、小林誠左衛門……さ、最後の……ご、ご奉公にござりまする」

言いきったそばから、くはっと血を吐いた。

家斉はとみれば、顎をがくがく震わせている。

誰もことばを発しない。

ただ、呆然《ぼうぜん》と惨状を眺めているだけだ。

「愚か者め」

碩翁が、ぼそりとつぶやいた。

小林誠左衛門はわずかに微笑み、玉砂利に顔をのめりこませた。

五

翌十八日、蔵人介は泊番で出仕していた。

鬱々《うつうつ》とした気分の原因は、昨日の出来事のせいばかりではない。

ふたつある。

ひとつは昨晩、御台所《おだいどころ》頭《かしら》付きの鈴木弥平《すずきやへい》なる軽輩が厠《かわや》で首を縊《くく》ったせいだ。

鈴木は御膳に毒を盛ったのではないかと疑われ、碩翁の手下から詮議を受ける直前に死んだ。書き置きひとつ遺しておらず、まことの下手人か否かは判然としない。

だが、首を吊ったのであれば、なにがしかの負い目はあったとみるべきだろう。

さらにもうひとつは、公人朝夕人の飼い主である橘右近から、早急に逢いたいとの呼びだしがかかったことだ。

橘は「策」を講じる者として、蔵人介に密命を下す権限を持っている。

厄介事を命じられるのは目にみえていた。できることなら面とむかいたくない相手なのだ。

それでも、亥《い》ノ刻（午後十時）を過ぎてみなが寝静まったころ、蔵人介は上御錠口の手前にある楓《かえで》之間へおもむいた。

笹之間からは遠く、公方が朝餉をとる御小座敷脇から御渡《おわたり》廊下を抜けていかねばならない。廊下を左手に曲がった奥は茶室の双飛亭《そうひ》、まっすぐ抜ければ上御錠口、そのむこうは大奥である。見廻りの小姓衆や御広敷《おひろしき》の連中にみつかったら、打ち首を覚悟しなければならなかった。

蔵人介は慎重に足をはこび、楓之間の前廊下へたどりついた。

桟に油を注《さ》して障子を開け、床の間にわだかまる闇をみつめる。

「何をためらっておられます」

闇の奥から、低い囁きが聞こえてきた。

蹲《うずくま》っているのは公人朝夕人、土田伝右衛門である。

「さあ、こちらへお越しなされ」

誘われるがままに一歩踏みだすと、芝居仕掛けのがんどう返しさながら、床の間の壁がひっくりかえった。

壁のむこうには、御用《ごよう》之間と呼ばれる隠し座敷がある。

広さは四畳半にすぎぬものの、歴代の将軍たちが誰にも邪魔されずにひとりで政務にあたった部屋だった。一畳ぶんは黒塗りの御用簞笥《だんす》に占められ、簞笥のなかには将軍直筆の書面や目安箱《めやすばこ》の訴状などが納められている。低い位置に小窓が穿《うが》たれ、灯りを照らせば窓のむこうに坪庭が映しだされた。

「よう参ったな」

掠《かす》れた声が洩れた。

行灯《あんどん》に照らされた男は、丸眼鏡の冴えない老臣だ。

この人物こそ近習《きんじゅう》を束ねる小姓組番頭、橘右近であった。

職禄四千石、旗本役としては最高位にちかい。派閥の色に染まらず、御用商人から賄賂も受けとらず、寛政《かんせい》の遺老《いろう》と称された松平信明《まつだいらのぶあきら》の時代から今の役目に留まっている。

反骨漢《はんこつかん》にして清廉《せいれん》の士、中奥に据えられた重石《おもし》のような存在だった。

「小林誠左衛門、惜しい侍を亡くしたわ」

橘は眼鏡を取り、そっと目頭をぬぐう。

芝居がかった仕種《しぐさ》にもみえたので、蔵人介は騙《だま》されまいと拳を握った。

「おぬしも老骨の壮烈な死にざまを、その目に焼きつけたのであろうが。まあ座れ」

「はあ」

「ここだけのはなし、あの者の気持ちは痛いほどわかる。上様はご在位四十五年で一度たりとも、隠し座敷で政務を執られた例がない。代わりに、この老いぼれが蜘蛛の巣を払い、床の雑巾掛けをしておる。嘆かわしいはなしじゃ。わしとてできることなら意志を通し、見事に死に花を咲かせてみたいものよ。それにしても、生涯一の晴れの場で、死を賭《と》した諫言をいたすとはの。なかなか真似のできることではないぞ」

熟慮したすえのやむにやまれぬ行動であったに相違ないと、橘はよどみなく喋りきった。武門の常道に照らせば、たしかに、小林誠左衛門の死は潔《いさぎよ》しとされ、褒められこそすれ非難はされぬ。

「あの者は立派に、武士の面目《めんもく》を保ったのじゃ」

城内の中庭を血で穢《けが》そうとも、腹を切ったことですべての罪は不問にされ、本来ならば一族郎党《ろうとう》に後難がおよぶことはなかった。家名の存続も認められたはずだと、橘は断言する。

だが、たとい家斉が広い度量で赦《ゆる》したとしても、碩翁があれほどの所業を容認するはずはなかった。

「碩翁め、小林誠左衛門の死を隠蔽《いんぺい》しよったわ」

「え、どういうことでございましょうか」

「乱心《らんしん》のうえに手討ち。その扱いにすり替えたのよ」

となれば、ただちに小林家は取りつぶしとなり、多くの者が路頭に迷う。腹を切った誠左衛門にしてみれば、予想だにしない展開であろう。

「それがな、そうでもないのじゃ。今朝方、小林誠左衛門の妻女ならびに嗣子夫婦、孫たちにいたるまで、小林家の者がみな自害して果てた」

「なんですと」

「すでに、使用人たちは暇を出されておった。老骨の堅固《けんご》な意志は、碩翁やわしらの想像を遥かに超えておったわ」

「上様は、いかがなされておられましょうや」

「知りたいか」

知りたくば無駄に抗わず、素直に飼い犬になれと、橘は眼光鋭く睨みかえしてくる。

蔵人介は渋面をつくった。

ふたたび、首輪を嵌《は》められるのだけは御免蒙《こうむ》りたい。

あまりに人を斬りすぎた。人を斬るたびに重い罪業《ざいごう》が肩にのしかかり、押しつぶされそうになるのだ。それが嫌でたまらず、面打ちをはじめた。経を念誦《ねんじゅ》しながら、鑿《のみ》の一打一打に悔恨《かいこん》と慚愧《ざんき》を籠め、狂言面《きょうげん》を打つのである。

面はおのが分身、心底に潜む悪鬼の乗りうつった憑代《よりしろ》。面打ちは殺《あや》めた者たちへの追悼供養であり、罪業を浄化する儀式でもあった。

「おぬしは先代の信頼どのより、人斬りの剣を仕込まれた。すべては、奸臣を討つという長久保加賀守の密命を果たすためじゃ。もっとも、最大の奸臣は加賀守であったがな。おぬしは飼い主を葬ることで信念を守りぬき、この世への未練も断ちきろうとした。わしが救いの手を差しのべねば、今ごろはそこに座っておらぬ。ま、それはそれとして、おぬしは逃れようとしても、逃れられぬ宿業《しゅくごう》のもとにあるのじゃ。素直にしたがうがよい。おのが宿業を受けいれよ。さすれば、悩みは消えてなくなる」

懇々と口説かれても、納得できない。

蔵人介は、くいっと顎《あご》を引きあげた。

「いったい、誰のために剣を握るのでござるか」

「誰のためでもない、正義のためよ」

「正義のため」

「さよう。おぬしは正義の剣を振るい、この世に生かしておいてはならぬ悪党どもを成敗《せいばい》するのじゃ」

「いかに悪党であろうとも、人斬りは罪深い所業にござります」

「されば鬼役を辞し、仏門にでもはいるがよい。それができぬのであれば、直参らしく命にしたがえ」

厳しい口調で命じられても、蔵人介は執拗《しつよう》に抗ってみせる。

「何故、橘さまの命にしたがわねばならぬのでござりましょう」

「莫迦者、わしの命ではないわ」

橘は一喝した。

「神君家康公の築かれた江戸幕府の礎石《そせき》を守るべくご奉仕いたすのじゃ。現に上様のお命が狙われておろうが」

「やはり、お呼びになられたのは、その件でござったか」

「おぬしも散々な目に遭うたな。毒が仕込まれておったのは鮎の塩焼きか」

「尿筒持ちに告げられたとおり、赤穂の塩にまじって鳥頭がまぶされておりました」

「あの日以来、御膳から魚の塩焼きは消えた。上様はたいそうご不満らしいが、下手人がみつかるまではご辛抱いただくしかあるまい」

「下手人の見当は」

「なくはない。されど、部外者には教えられぬ。おぬしがこの一件に関わるつもりなら、教えてやらぬでもない」

「もとより、こたびの一件はとことん追及いたす所存」

「人を斬ることになるぞ。よいのか」

ふんと鼻で笑われ、蔵人介は顔を顰《しか》める。

「相手によります。ただし、命じられて斬るのではござりませぬ」

「まだ言うか。煮えきらぬうえに小生意気《こなまいき》なやつめ……ま、頭と口の堅いところは信頼どのによう似ておる。幕臣をあまねく見渡しても、おぬしほど刺客に適する者はおらぬわい」

「本音が出ましたな。拙者は刺客になぞなりませぬ。まっぴら御免でござる」

「ふん、まあよい。ともあれ、こたびの一件は上様のお命に関わること。われらとて総力を挙げて事にあたらねばならぬ」

ただし、噂にのぼれば世間に動揺をもたらすであろうから、極秘裡にすすめねばならぬと、橘は溜息を吐く。

「そこが難しいところよ」

「下手人の見当をお教えくださりませ」

「毒を仕込んだのは、御膳所の者か小納戸衆の誰かじゃ。なれど、そやつは金で動いたにすぎぬ。肝心なのは鵜飼いよ……ふふ、さようなことは百も承知と顔に書いてあるぞ。端緒《たんしょ》は目安箱じゃ」

「目安箱」

「わしが目安箱の守り人と呼ばれておるのは存じておろう」

三日前、家斉に宛てた匿名《とくめい》の便りが一通、目安箱に紛れこんだ。

「本来なら破りすてるところじゃが、毒という一文字が目に飛びこんでまいっての。文面は不埒《ふらち》な行状《ぎょうじょう》を詫びる段からはじまる」

「というと、非道な行状におよんだ本人からのものと」

「おそらくな。やってしまった後、事の重大さに気づいたのじゃろう。昨夜、厠で鮭《さけ》になった鈴木某とか申す輩がおったらしいな。もしかしたら、その者が死を予見し、目安箱に遺言状を投げこんだのやもしれぬ」

なるほど、目安箱へ投げこめば、将軍以外の誰かの目に触れて焼却される心配はない。利口な手をおもいついたものだ。

蔵人介は膝を寄せる。

「鈴木弥平は死を予見したと申されましたな。されば、みずから首を縊ったのではなく、何者かに消されたとお考えでござりますか」

「そうも考えられる」

「書面には、ほかになんと」

「敵は老獪《ろうかい》じゃ。誰それに頼まれたといったはなしはいっさい書かれておらぬ。おそらく、本人も知らなんだのであろうよ。ただ、ひとつだけ注目すべき一文があった。辰ノ口《たつのくち》の御屋敷を調べてみよというものじゃ」

「辰ノ口の御屋敷と申せば、評定所《ひょうじょうしょ》にござりますか」

「かもしれぬ。されど、わしはそうみぬ。怪しいのは伝奏《てんそう》屋敷のほうじゃ」

「伝奏屋敷……まさか、禁裏が」

「むふふ、おぬしにも関わりはあろう。なにせ、矢背家は天皇家の影法師と称された八瀬童子の末裔じゃからの」

橘はにっと笑い、蔵人介の動揺を楽しんだ。

禁裏といえば、昨日、日光東照宮で催された例大祭において、天皇の勅使《ちょくし》である例幣使《れいへいし》が金幣《きんぺい》を奉納している。例幣使の一行は日光街道を通り、三日後には伝奏屋敷へ到着する予定だった。

「金幣の奉納は深い霧のなかでおこなわれたそうじゃ。式がはじまるころ、中禅《ちゅうぜん》寺《じ》湖のほうから濃霧が生き物のごとく流れてきよっての、瞬きのあいだに列席した者たちの視界を遮ったらしい。何やら、因縁めいた逸話ではないか」

橘は一拍間を置き、さらにつづけた。

「小林誠左衛門の一件、劇薬と同等の効果はあったようじゃ」

「と、仰せになられますと」

権力の座に居座りつづけようとする家斉の気持ちを、少なからず萎《な》えさせるだけの効果はあった。大奥の褥《しとね》で親密な中﨟《ちゅうろう》にむかって、家斉は「隠居してもよい」と洩らしたのだという。

嗣子家慶は今年で不惑《ふわく》。いまや西ノ丸に根が生えたも同然で、いくらなんでも将軍職を譲ってやらねば可哀想だ。しかも、家斉は五年前、在位四十年の祝儀で徳川家においては家康と秀忠《ひでただ》しか任じられていない太政《だじょう》大臣の官位にまで昇りつめた。もはや、思いのこすことはない。観念したとき、ふと、家斉はひとつだけ、やりのこしたことがあるのに気づいた。

「上様は従前《じゅうぜん》より、あるものを強く欲しておられてな」

「あるものとは」

「天下に隠れなき香木《こうぼく》、東大寺《とうだいじ》正倉院《しょうそういん》の蘭奢待《らんじゃたい》よ」

橘は掠れた声で発し、ふうっと重い溜息を吐いた。

六

家斉は蘭奢待を所望した。

分不相応《ぶんふそうおう》な高望みをし、禁裏の逆鱗《げきりん》に触れた。

それがために、命を狙われる羽目になったと、橘右近は口には出さぬが匂わせた。

たかが、香木の切れ端をのぞんだくらいのことで、公方が命を狙われるものだろうか。

蔵人介は甚だ疑問に感じたものの、蘭奢待の価値を知るにつけ、次第にあり得るかもしれないとおもうようになった。

このあたりの事情に詳しいのは、志乃である。

蔵人介は義弟の綾辻市之進《いちのしん》ともども、仏間で志乃のはなしに耳をかたむけていた。

「蘭奢待は平安初期、林邑《りんゆう》（南越《なんえつ》）なる国から唐土《もろこし》を経て東大寺にもたらされたといわれておる。今から一千年前のはなしじゃ」

長さ三尺（約九〇センチ）、重さ二十斤《きん》（約一二キロ）、沈香《じんこう》のなかでもひときわ高価な香木で、蘭奢待の三文字には東大寺の名が秘されている。

かといって、東大寺の所有物ではない。

天皇家縁《ゆかり》の品々ともども、正倉院宝物殿に勅封《ちよくふう》されている。

勅封とは、天皇の名の記された紙片を巻いて封印することだ。

したがって、蘭奢待は単に稀少な沈香というだけでなく、霊宝として正倉院宝物殿に保管され、天皇の赦しを得なければ閲覧すらできない。すなわち、日本国を統《す》べる者が所有する権力の象徴ともいうべきものだった。

「足利義政《あしかがよしまさ》公しかり、織田信長公しかり、時の権力者は咽喉《のど》から手が出るほど蘭奢待を欲しがった。信長公にいたっては、蘭奢待を差しださねば東大寺を焼討ちにするとまで威したのじゃ」

浅井《あざい》、朝倉《あさくら》を滅ぼし、足利義昭《よしあき》を追放して室町《むろまち》幕府を滅亡させ、むかうところ敵なしと目されていた絶頂期のはなしだ。信長は天下人《てんかびと》であることを内外へ知らしめるべく、蘭奢待を所望したのだと、志乃はまるでみてきたようにはなす。

「東大寺側は折れざるを得なんだ。信長公は差しだされた蘭奢待にみずから短刀を

突きさし、黒光りする一寸四分(約四・二センチ)ほどの断片をふたつ切りとった
そうじゃ。そして、一片は正親町《おおぎまち》天皇に献上し、もう一片は相国寺《しょうこくじ》の茶会で惜しげもなく炷《た》かせた。利休《りきゅう》翁の遺稿によれば、茶席には得も言われぬ芳香がただよったとか」

一千年の時を経てただよう芳香とは、いったい、どのようなものなのだろう。

蔵人介は、鼻をひくひくさせた。

「そういえばさきほどから、芳《かぐわ》しい香りがただよっておりますな」

「ほほほ、これは伽羅《きゃら》じゃ。両国《りょうごく》広小路の五十嵐《いがらし》兵庫《ひょうご》で求めたお品ですよ」

「五十嵐兵庫と申せば、大奥御用達の髪油店では」

「ご名答」

一斤(約六〇〇グラム)で四両もするという。

「げっ、そんな高価なものを炷かれずともよいのに」

「おぬしのためにではない。瘴気を消すために伽羅が要るのです」

「瘴気が、まだわだかまっておると」

「ふむ、しつこすぎて困っております」

志乃は咳払いをし、蘭奢待のはなしをつづけた。

「東大寺側は信長公を深く恨み、秘かに首を狙わせたのじゃ」

「まことですか、それは」

「いかにも、東大寺には正倉院宝物殿を守護する者たちがおります。法難や仏敵にたいして法力《ほうりき》ではなく、剣をもって処する。そのお役目を授けられた影の者たちのことじゃ」

ときには、要人の暗殺も請けおう。

志乃によれば、大仏殿を焼いた松永弾正《まつながだんじょう》は信貴山《しぎさん》城に籠城《ろうじょう》して自爆したのではなく、東大寺に隷属する影の者たちに葬られたのだという。

「松永弾正ばかりではない。延暦寺を灰燼《かいじん》に帰《き》した信長公こそが、最大にして最強の仏敵じゃった。本能寺が焼かれたのち、信長公の亡骸《なきがら》がみつからなかったのは、混乱に乗じて潜入した影の者たちが亡骸を盗んだためであったとも伝えられております」

盗んだ理由は、信長の髑髏《どくろ》を香炉にして蘭奢待を炷いてみたいと、さる高貴な人物が漏らしたからだとか。

「まさか」

「と、お思いであろうが、これは真実《まこと》なのじゃ」

信長は戦国の覇者となり、天皇をも超えようとした。

その象徴たる出来事が蘭奢待を切りとったことだった。

そのせいで、禁裏の逆鱗に触れ、命を狙われたのである。

「どうして、養母上《ははうえ》にわかるのです。だいいち、そのような風聞を誰からお聞きになられたのですか」

「ご先代さまじゃ」

「え」

「影の者というのは、八瀬の者たちなのですよ」

「なんと」

「大きい声では申せぬが、ご先祖は禁裏より密命を受け、信長公の首を狙っていたにちがいない」

楽しげに語る志乃の顔を、蔵人介は穴があくほどみつめた。

「養母上、正倉院宝物殿は今も、影の者たちによって守られておるのでしょうか」

「さあ」

志乃は凄艶《せいえん》な笑みを浮かべ、仏壇をちらりとみた。

「徳川家も幾度か、禁裏の怒りを買ってきました」

なかでも赦しがたい所業は、家光《いえみつ》が強引に認めさせた日光東照社の宮への昇格であった。これによって、家康は伊勢《いせ》神宮の祭神である天照大御神《あまてらすおおみかみ》と同様、人ではなく神として祀《まつ》られることとなり、京から日光まで例幣使が遣わされるようになったという。

武門の棟梁《とうりょう》にすぎぬ徳川の風下に置かれ、禁裏がおもしろかろうはずはない。

「例幣使が遣わされる季節になると、京洛には不穏な風が吹きはじめるとか」

そもそも、例幣使とは応仁《おうにん》の乱より以前、伊勢神宮の神嘗祭《かんなめさい》に幣《ぬさ》を奉納すべく、毎年恒例で派遣された勅使のことだった。日光東照社に宮号が宣下《せんげ》されたのを機に、日光のみならず伊勢への勅使も復活した。爾来《じらい》、一度たりとも途切れることはなく、今年で百八十七回目を数える。

「このうえ、公方様が蘭奢待をのぞまれるというのならば、お命を狙われてもなんら不思議ではなかろう」

「養母上、さようなおはなし、外に聞こえたら大事になりますぞ」

「誰かに告げ口でもする気か。おう、そういえば、市之進どのは徒目付であられたな。怖っ、ほほほ」

志乃はさも嬉しそうに笑い、つかぬことを訊くがと真顔になった。

「こたびの例幣使に任じられたお方は、どちらのお公家《くげ》さまにあられようか」

「持明院基兼《じみょういんもとかね》さまと聞いておりますが」

「ああ、そのお方なら……」

志乃は、平手でぺしっと膝を打つ。

「……御鷹匠《たかじょう》にして、禁裏随一の遣い手でもあられる」

「遣い手。お公家衆に剣客がおられるのでしょうか」

「ふふ、侮ってはなりませぬぞ。お公家衆は太平楽にみえて、じつは鋭い爪を隠しておいでじゃ」

何やら不吉な予感がする。

蔵人介は礼を述べ、市之進とともに仏間を辞去した。

「義兄上《あにうえ》、小母上《おばうえ》のおはなしはまことでしょうか」

「どうかな。矢背家には秘密が多いからの」

「真実だとすれば、伺ってはならぬはなしを伺ってしまったような気もいたします」

「忘れてしまえ」

「はあ」

市之進は、海苔を貼ったような太い眉を寄せた。

でかい鼻といい、厚い唇といい、姉の幸恵とは似ても似つかぬ顔をしている。

市之進は曲がった道を四角に歩く徒目付の家に生まれ、本人も幕臣の悪事不正を糾弾する憎まれ役に就いた。三十を過ぎても、飯田町《いいだまち》の俎《まないた》河岸にある綾辻家には嫁の来手がない。生真面目で融通の利かぬ男だが、こうと決めたら一歩も譲らぬ頑固さは美点でもある。

「ところで市之進、今日は何をしにまいった。養母上の本復祝いが真の目的ではあるまい」

「ええ、まあ」

ふたりは、庭のみえる縁側の陽だまりに座った。

「じつは、上様に毒を盛ろうとした下手人を追っておりました」

「ほう、碩翁さまは目付筋にも命じておったのか」

「はい」

「それで」

「厠の梁《はり》にぶらさがった鈴木弥平の遺骸をこの目で」

「みたのか」

「はい。吊るされたのは死んだ後です」

「まことか」

「口から舌も出ておらず、首も伸びておりませなんだ。碩翁さまのご配下に詳しい検視《けんし》を請うたところ、それにはおよばずと厳しく命じられ」

「すごすご引きさがったのか、情けない」

「義兄上、碩翁さまはこの一件を早急に幕引きなされようとお考えです。なれど、鈴木弥平が何者かに殺められたとすれば、中奥に出入りできる者の中に下手人がおるやもしれません」

「わしに訴えてどうする」

「義兄上は上様の身代わりに毒を啖ったわけですし、いささかの恨みがあろうかと」

「恨みがあったとて、わしは一介の御膳奉行にすぎぬ。刀ではなく箸で奉公するよりほかにないではないか」

「また御膳に毒が盛られたら、いかがなされます」

「啖うまでよ、何度でもな」

蔵人介は市之進に蘭奢待のはなしは聞かせてやったが、誰に聞いたかは教えていない。

面倒事に巻きこみたくないので、裏の役目についても触れたことはなかった。それは志乃や幸恵についてもおなじこと、串部以外に蔵人介の暗部を知る者はいない。

市之進は煮えきらぬおもいをのこし、暗くなるまえに帰っていった。

七

翌日、蔵人介は志乃、幸恵、鐵太郎をともない、亀戸《かめいど》天神まで藤《ふじ》見にやってきた。

随行する用人の串部六郎太は、何やら落ちつきがない。藤見に訪れた真の目的を、蔵人介から知らされているからだ。

「もうすぐ午《うま》ノ刻（正午）というのに、日も出てきませんな」

串部に水をむけられ、志乃が応じた。

「藤曇りじゃな。されど、このくらいのほうが花は綺麗にみえましょう」

「はあ、なるほど」

五人は見事な藤棚をしつらえた茶店へ足をむけた。

「養母上、ここの葛餅《くずもち》は美味いと評判らしいですよ」

「存じておりますとも。亀戸天神に詣でたら葛餅をいただかないとね。さ、鐵太郎どの、座って手をお拭きなされ」

串部だけは床几《しょうぎ》に座らず、境内を行き交う見物人たちに注意深く目をむける。

蔵人介は楽しそうな鐵太郎の顔を眺めつつ、家族といっしょに来たことを悔やんだ。

非番の日にどこへ出掛けるのかと幸恵に問われ、おもわず、口をもごつかせてしまったのだ。観念して藤見に行くと告げたところ、自分たちも連れていけとせがまれた。

じつは、橘右近の密命を帯びている。

あと四半刻もすれば、屈強な幕臣たちに守られた腰黒の忍び駕籠《かご》があらわれるはずだった。駕籠の人物にまんがいちのことがあったら一大事なので、それとなく警固してほしいというのが密命の内容なのだ。

守るべき相手とは、公方家斉にほかならない。この季節にお忍びで亀戸天神を訪れることは、四十数年来の恒例になっている。橘はそれとなく外出を控えるように進言したが、家斉からは一笑に付されたとか。

お忍びだけに、供揃えはごく少数に抑えられるにちがいない。黒絹の羽織で揃えた背の高い陸尺《ろくしやく》たちもおらず、日覆《ひおい》に隠された葵《あおい》の紋所《もんどころ》がなければ公方の駕籠とは判別できぬだろう。駕籠脇を固める侍はいずれも屈強な剣の遣い手だが、人を斬ったことのある者は少ないと聞いていた。

もちろん、くせものが駕籠先十間《けん》（約一八メートル）以内に近づくのは難しかろう。かりに結界《けつかい》を破っても、行く手には公人朝夕人の土田伝右衛門が最強の盾となって控えている。

しかし、念には念を入れて、蔵人介にも声が掛かったのである。

警固の連中への気遣いもあり、表立って毒味役を駕籠脇につけるわけにもいかない。ゆえに、遠目から見守ってほしいと頼まれた。

事情を知ったうえで周囲を見渡してみると、目つきの鋭い連中が四方に配されている。碩翁からの指示もあり、御庭番と御広敷の伊賀者《いがもの》たちが動員されたのだ。

「何か様子がおかしい」

と、志乃も幸恵も感じていた。

ふたりは武芸を嗜《たしな》むだけあって、不穏な空気を察知できる。

蔵人介は、連れてきたことを後悔した。

もっとも、不測の事態が勃《お》こらなければ、葛餅を食って帰ればよいだけのはなしだ。

そうなってほしいと願いつつも、さきほどから胸騒ぎを禁じ得ない。

良いことは当たらないが、悪いことはたいてい当たるものだ。

やがて、先触れの小十人組《こじゅうにんぐみ》が物々しく駆けよせてきた。

「退《ど》け、退け」

居丈高《いたけだか》な態度で叫び、花見客を追いたてはじめる。

「どなたか、お偉い方がお見えのようじゃ」

客たちは文句を垂れながらも、正門に好奇の目をむけた。

「おやまあ、騒々しいこと」

志乃は懐中から扇子を取りだし、ゆったりと扇ぎだす。

「幸恵さん、どうやら、公方様が出御《しゅつぎょ》なされたご様子ですよ」

「そのようですね」

「先触れがあんなに騒いでは、お忍びの意味がなくなるのにねえ」

「義母上の仰るとおりにございます」

小十人組の面々は茶店にもあらわれ、葛餅を食べる客たちを追いたてる。

こうなると、志乃の性分では黙っていられない。

「困った連中じゃ」

「養母上、ここはひとつ穏便に」

蔵人介の呼び掛けを無視し、志乃はつっと腰をあげた。

袖をひるがえすや、強面《こわもて》の侍たちを怒鳴りつける。

「無礼者、控えよ」

一瞬、侍たちはきょとんとした。

しかし、相手が老女とみてとるや、見下すような態度に出る。

「つべこべ抜かさずに退け。さもないと力ずくで摘みだすぞ」

「ほう、やってみるがよい。そこの木偶《でく》の坊《ぼう》、さあ、おぬしがやってみせよ」

志乃に名指しされた大男が一歩踏みだし、前歯を剥いてみせた。

「婆さん、よいのか」

「摘んでぽいと捨ててみなされ」

「よし」

大男は丸太のような右腕を伸ばし、志乃の胸倉をつかまえようとした。

志乃はひょいと身を躱《かわ》し、毛むくじゃらの手首を取るや、くいと捻った。

「おっ」

男の巨体がおもしろいように一回転し、背中から地に落ちる。

「いや……っ」

すかさず、志乃は気合いを籠め、鳩尾《みぞおち》に拳を叩きこんだ。

「ぐえっ」

大男は蛙のように呻き、白目を剝いてしまう。

仲間は呆気にとられ、ぽかんと口を開けていた。

「他人さまにものを頼むときは、頭を下げなされ」

志乃は捨て台詞《ぜりふ》をのこし、意気揚々《いきようよう》と踵《きびす》を返す。

茶店の娘が手を叩くと、喝采《かっさい》はさざなみのように広がった。

すごすごと引きさがる小十人組の連中を見送り、蔵人介は赤面している。

幸恵と鐵太郎は得意気な顔で志乃を迎え、串部はやれやれといった表情をつくった。

そうこうしているうちに正門のほうが騒がしくなり、腰黒の駕籠があらわれた。

「殿、上様の御成ですぞ」

串部が囁いてくる。

花見客も公方と察し、境内の端に退いて膝を折った。

蔵人介と串部は、駕籠よりも周囲に目を配っている。

取りたてて、妙な動きはどこにもない。

花見客が土下座するなか、腰黒の駕籠は二十有余の供人《ともびと》たちに守られ、境内の中央までやってきた。

駕籠脇にはしっかり、公人朝夕人の伝右衛門がついている。

正体を知る者でなければ、伝右衛門を見逃すにちがいない。

それほど、めだたなかった。

「殿、公方様は駕籠をお降りになられましょうか」

串部に問われ、蔵人介は首を振った。

「窓を開けてご覧じになるだけであろうよ」

「それならば、さほど案ずることもござりますまい」

「どうかな」

駕籠が地に下ろされると、小姓が近づいて何事かを囁いた。

かたんと無双窓《むそう》がひらかれ、家斉らしき人物の双眸《そうぼう》が光る。

刹那《せつな》、弦音《つるおと》が響いた。

——びゅん。

放たれた矢は空を裂き、小姓の眉間《みけん》を貫いた。

「ぬわっ、くせもの、くせものじゃ」

供人たちは盾となって駕籠脇を固め、一斉に抜刀した。

花見客たちは、蜂の巣をつついたように騒ぎはじめる。

——びゅん。

ふたたび、弦音が聞こえ、こんどは逆の方向から矢が飛んできた。

またひとり、供人が眉間を射抜かれ、駕籠のすぐ脇にずり落ちた。

御庭番と伊賀者が血相を変え、矢の放たれた方角へ走った。

「おのれ」

串部も走りだす。

杉の梢《こずえ》がわさりと揺れ、一羽の鷹が飛びたった。

「おお」

供人たちの眼差しが、雄々《おお》しく羽をひろげた鷹に集まった。

その間隙《かんげき》を衝《つ》き、人影がひとつ旋風《つむじ》となって駕籠に迫った。

「刺客だ、抜かるな」

蔵人介は大声を張りあげ、みずからも駆けだした。

刺客のからだつきは小柄で痩せている。

「ほい」

剽軽《ひょうきん》な声を発し、蚊蜻蛉《かとんぼ》のごとく跳ねた。

流れるように抜刀するや、瞬時にふたりを斬りすてる。

三人目の咽喉を田楽刺しにし、四人目の胸乳《むなぢ》を雁金《かりがね》に薙《な》ぐ。

五人目を左袈裟《けさ》に斬ったところで、伝右衛門に阻まれた。

「とあ」

「やっ」

鋭い金属音とともに、激しい火花が散った。

刺客は弾きかえされた勢いを借り、六人目の首筋を斜《はす》に斬った。

血煙が舞いあがり、鮮血は雨となって駕籠の屋根に降りそそぐ。

伝右衛門と五分に渡りあうとは、侮ることのできない相手だ。

ついと、刺客が振りむいた。

「うっ」

蔵人介は足が縺《もつ》れそうになる。

笑っているのだ。
頬紅を塗った鯰髭《なまずひげ》の顔が、不気味に笑っている。
人ではない。それは面であった。
面の刺客は両袖を振って舞いながら、供人と斬りむすんでいく。
蔵人介は血に染まった参道を駆けぬけ、間合いを詰めていった。
ところが、動揺した供人たちは白刃を立て、一歩たりとも近づかせぬ構えをみせる。
「ちがう、味方だ。わしは味方ぞ」
必死に叫んでも、かえって情況を混乱させるだけだ。
蔵人介は足を止めざるを得なかった。
そのときである。
——ぶあっ。
さきほどの鷹が羽音を響かせ、天の穴から急降下してきた。
「上だ、気をつけろ」
嘴《くちばし》は鋭い。
的は公人朝夕人、眼球に狙いをつけている。

さすがの伝右衛門も、猛禽《もうきん》の一撃には戸惑うしかない。

首を振って何とか躱したが、面の刺客に斬りこまれた。

「うぬっ」

肩口をばっさり斬られ、不覚にも膝を屈する。

「邪魔じゃ」

刺客は手負いの伝右衛門を蹴倒すと、駕籠の側面に血まみれの刃を突きさした。

「せいっ」

「うぎゃっ」

断末魔《だんまつま》の悲鳴ともども、駕籠がひっくりかえる。

刺客は横倒しになった駕籠を飛びこえ、転がりでてきた人物にとどめを刺そうとした。

「上様」

供人のひとりが叫ぶ。

怯えきった男の顔は、家斉のものではない。

「ちっ、影武者か」

刺客は合点するや、土を蹴って遁走《とんそう》に転じた。

「逃すか」

正面には、串部六郎太が待ちかまえている。

「ほら、来い」

串部は臑《すね》斬りで知られる柳剛《りゅうごう》流の達人、狙った獲物は外さない。

蔵人介は刮目していた。

刺客は面のしたに指を突っこみ、ぴっと指笛を吹いてみせる。

刹那、鷹が急降下してきた。

「猪口才《ちょこざい》な」

串部は飛来する鷹に狙いをさだめ、一閃、愛刀の同田貫《どうたぬき》を薙ぎあげる。

「うりゃ……っ」

ぱっと鮮血が散り、鷹は胴を両断された。

と同時に、刺客の刃が串部の脾腹《ひばら》を掻いた。

「うっ」

串部は腹を押さえ、その場に蹲《うずくま》る。

刺客は振りむきもせずに、境内を駆けぬけた。

手練《てだれ》の御庭番と伊賀者が、一斉に追走していく。

いつの間にか、逃げる刺客は三人に増えていた。

両脇のふたりは、蒼褪《あおざ》めた龍の面をつけている。

おそらく、矢を放った者たちであろう。

珍妙な面をつけた刺客どもは追撃を振りきり、まんまと逃げおおせてしまったのだ。

境内の甃《いしだたみ》には、鷹の残骸が散逸している。

「串部、だいじないか」

ようやく駆けつけた蔵人介にむかい、頼りになる従者は顔を持ちあげた。

「殿、ご案じめさるな。傷は浅うござる」

腹巻き替わりの鎖帷子《くさりかたびら》を外し、串部は不敵に笑ってみせる。

「それにつけても、尋常ならざる手練。こちらの罠《わな》をものともせず、まんまと逃げてしまいよった」

振りむけば、駕籠の周囲には無惨な光景がひろがっている。

公方のお忍びが刺客を狩りだす罠とは知らされていなかったものの、ある程度の予測はついていた。家斉の影武者は胸から大量の血を流してこときれ、最強の盾といわれた公人朝夕人の伝右衛門までが深傷《ふかで》を負った。双方ともに目的を達することができず、痛み分けに終わったとみるべきだろう。

志乃が幸恵と鐵太郎をしたがえ、屍骸《むくろ》を避けながら近づいてくる。

「蔵人介どの、刺客のお面をご覧になったか」

「ええ」

「ひとりは新鳥蘇《しんとりそ》、ふたりは納曾利《なそり》、いずれも舞楽面《ぶがくめん》じゃ。しかも、一分《いちぶ》の隙《すき》もない流れるような身のこなし。あれは鞍馬《くらま》八流の剣術に相違ありませぬ」

「養母上、するとあの刺客は」

「禁裏の御使者、例幣使どのやもしれませぬなあ」

志乃は素っ気なくつぶやき、遠くの空をみつめた。

八

卯月二十一日、日光東照宮から江戸へはいった例幣使への目見得は、巳ノ刻より白書院にておこなわれた。

白書院は大広間に次ぐ格式、上段之間、下段之間、帝鑑《ていかん》之間、連歌《れんが》之間からなる。

公方は北側の上段之間に鎮座し、武家の臣下は御三家御三卿、外様ならば島津《しまづ》家、前田家《まえだ》、伊達家《だて》などを除き、下段之間で済ませてしまうが、例幣使は下段之間にて挨拶を済ませると、上段之間へ誘われる慣例となっていた。

正月の勅使下向などでは高家《こうけ》が仰々《ぎょうぎょう》しく仲立ちを取り、天皇家からのご祝儀拝領などの儀式が延々と繰りひろげられる。ただし、例幣使の引見《いんけん》はそれほど面倒ではない。内府《だいふ》家慶の同席も義務付けられてはいなかった。

上段之間北面と東面の壁は金箔に彩られ、北面には唐土《もろこし》の尭帝《ぎょうてい》が賢人たちを登用して国を治めさせた「尭任賢図治図」が、東面には禹王《うおう》の飲酒を戒める「大禹戒酒防微図」が格調豊かに描かれている。いずれも、古代中国を統治した皇帝の故事に基づく帝鑑図だ。

蔵人介は毒味役にもかかわらず、橘右近の命で上段之間西脇の武者隠しに詰めねばならなかった。

武者隠しとはいえ、壁面に穿《うが》たれた飾り窓が江市屋格子《えいちやごうし》になっており、先方からはみえにくいものの、こちらからは書院内の様子がつぶさに把握できる。いつもならば公人朝夕人の伝右衛門が占有すべき場所に、蔵人介は詰めさせられたのだ。

尿筒も携行させられた。家斉に呼ばれたら、すかさず、いちもつを摘んで尿筒をあてがわねばならない。

これにはちょっとした骨法《こつ》と、かなりの勇気がいる。

橘に命じられ、じつは小姓相手に稽古までさせられた。

何やら妙な気分になったが、凶事を避けるためならば致し方ない。

城内は存外に人材不足であることを、蔵人介は痛感させられていた。ともあれ、さして抵抗もなく尿筒持ちの役目を引きうけたのは、禁裏随一の剣客という勅使の顔を拝んでみたい気持ちがあったからだ。

総勢五十人ほどの煌《きら》びやかな例幣使一行は今月朔日《ついたち》に京を発ち、中山道《なかせんどう》をすすんで上野国《こうずけのくに》の倉賀野宿《くらがのしゅく》にいたった。倉賀野からは太田《おおた》、栃木《とちぎ》など十五の宿場を経て下野国《しもつけのくに》の楡木《にれぎ》へ。そして今市《いまいち》で日光街道に合流した。

日光までは往路十四泊。倉賀野から今市までの道は例幣使街道と名付けられ、一行が横暴のかぎりを尽くす道中としても知られている。

華美な外見とはうらはらに随員には権威を笠に着た不心得者《ふこころえもの》が多く、かつては駕籠を内からわざと揺すって金品を要求するなどの行為を平気でやった。昨今はそうした光景もみられなくなったが、駕籠を揺する行為が「強請《ゆすり》」ということばの由来になったというから、実際にあったはなしなのだろう。

一行は江戸にはいると、日光から持参した旧《ふる》い金幣を細長く刻み、多数の大名屋敷に送りつけて金品を請求する。聞くところによれば、この悪弊はまだのこっているらしい。

例幣使の持明院基兼は、瓜実顔《うりざね》の四十男だった。

はんなりとした京ことばで型どおりの口上を述べる声は、疳高いうえに弱々しい。

これが演技なら、かなりのものだ。

小柄で痩せたからだつきは似ているものの、亀戸天神で血煙を巻きあげた刺客と同一人物とはおもえなかった。

一方、相手が朝廷の使者であるにもかかわらず、家斉は臣下の礼をとるどころか、帝鑑図を背にしてふんぞりかえってみせる。

両者のあいだには、通常はあるはずの御簾《みす》が垂れていなかった。

わずかな怯えもみせぬ家斉の横顔から推すと、亀戸天神の件は上申されていないのだろう。まんがいち、持明院基兼がこの場で公方と刺しちがえる覚悟なら、目的を達することは容易におもわれた。

十中八九、それはあるまい。

例幣使は禁裏の遣いゆえ、過《あやま》ちがあれば禁裏そのものの存否にも関わってくる。

やがて、持明院基兼は上段之間へ誘われた。

両袖を振りはらい、畳に額《ぬか》ずいてみせる。

「御太師《たいし》様におかれましては、益々、ご健勝《けんしょう》であらしゃるご様子、まことに喜ばしいかぎりにおじゃります」

将軍を見下した口調にも聞こえ、蔵人介は不快におもった。

「公方様は武家の棟梁、禁裏においては御太師様であらしゃります。御太師様は唐土においては相国《しょうこく》、大丞相《だいじょうしょう》などと申し、かしこき御天子《てんし》様の御師《おし》たりうるお方が任ぜられ、適任者なきときは置かぬのがしきたり。ために則闕《そっけつ》の官《かん》とも称され、武家では平清盛《たいらのきよもり》公、足利義満《よしみつ》公、豊臣秀吉《とよとみひでよし》公、徳川御家におかれましては家康公と秀忠公、そして家斉公の六例を数えるのみ。重きお立場におわしますれば、おからだにはくれぐれもご留意いただかねばなりませぬ」

持明院は太政大臣のわかりきった位置づけを、くどくどしく説いてみせた。いかに高位の太政大臣であっても、天皇の僕《しもべ》にすぎぬことを強調したいのだろう。

家斉は深海に潜む鮟鱇《あんこう》のごとく、まったく動じる素振りをみせない。

「ふむ、主上《しゅじょう》も息災《そくさい》であられようか」

「へへえ」

「なれば、よかった。しばらくは江戸にてゆるりとしていかれよ。おう、そうじゃ、亀戸天神へ藤見にでも参られい」
持明院は顔色も変えず、ただ平伏すだけだ。
家斉はもぞもぞ尻を浮かせ、扇子で畳をとんとん叩いた。
蔵人介は、どきりとした。
——尿筒を持て。
という合図だ。
太刀持ちの小姓が目だけを動かし、江市屋格子を睨みつけた。
脇の扉から、別の小姓が手招きする。
蔵人介はすっと立ち、穴蔵から抜けだした。
覚悟をきめたところで、音もなく襖が開いた。
滑るように御前に近づき、袴《はかま》の脇へ手を突っこむ。
掌はわずかに汗ばんでいたが、冷たいよりはいい。
幾重もの布を避け、うまいぐあいに、いちもつを摘みあげた。
それはぐにゃりとしており、衣被《きぬかつぎ》のように皮をかぶっている。
まるで、鰻《うなぎ》のあたまだな。
刺激せぬように先っちょを指で挟み、竹筒の穴口にあてがった。

「上様、よろしゅうございます」

微《かす》かに囁くと、家斉は正面をむいたまま、ちょろちょろやりはじめる。すぐさま、それは鉄砲水となって弾きだされ、筒に生暖かい感触がひろがった。

蔵人介は高価な着物を濡らさぬように細心の注意を払い、なんとか大役をやり終えた。いちもつの先端を懐紙で拭うと、家斉は馬のようにぶるっと胴震いしてみせる。

ちらりと様子を窺えば、持明院基兼は眉根を寄せて俯《うつむ》いていた。

内心、穏やかではあるまい。

さぞや、屈辱を感じたことだろう。

それこそが家斉の狙いであったとすれば、存外に肝の太い人物なのかもしれない。

それとも、ただの傍若無人《ぼうじやくぶじん》な大食漢にすぎぬのか。

蔵人介は身を低くして後ずさり、ふたたび武者隠しに居座った。

「例幣使どの、面をあげなされ」

家斉は凛然《りんぜん》と発した。

「ひとつ、主上におことづけ願いたいのじゃがな」

「へへえ、どのようなおことづけにござりましょうや」

「いやなに、たいしたことではない。じつはこの家斉、かねてより望んでおったことがあってのう」

家斉はわざともったいぶるように黙り、肥えたからだを乗りだすや、扇子で額をぺぺんと叩いた。

「東大寺の蘭奢待を所望したいのじゃ。この一件、しかとお伝えいただきたい」

蔵人介の眸子が、格子に張りついた。

息を詰めて待ちわびても、例幣使の返答は聞こえてこない。

水を打ったような静けさのなか、白書院には尋常ならざる殺気が膨らんだ。

蘭陵乱舞《らんりょうらんぶ》

一

芒種《ぼうしゅ》、森の樹木が青時雨《あおしぐれ》を降らす季節となった。

雨は熄《や》む気配もなく、道端に咲く紫陽花《あじさい》がしっとり濡れている。

例幣使の一行は京へもどったが、禁裏からはなんの音沙汰もない。

家斉は家斉で、あれほど欲していた蘭奢待のことを、ひとことも口にしなくなった。

いつの間にか、御膳には焼き魚が出されるようになり、城内はかりそめの平穏につつまれている。例幣使の目見得で公方のいちもつを摘んで以来、橘右近からお呼びは掛からない。深傷を負った公人朝夕人の容態は気になったが、橘以外に訊ける相手もおらず、敢えて訊こうともおもわなかった。

そういえば、小林誠左衛門の自死のとばっちりを受け、遠縁にあたる今江刑部が御膳奉行の職を解かれて小普請へもどされた。もはや、死ぬまで役に就くことはあるまい。禁漁区の濠内に釣り糸を垂れ、鯉でも釣って一生を終えるしかなかろう。

「それも気楽な人生かもしれぬ」

蔵人介は溜息を吐き、蛇の目を廻して雨粒を弾いた。

勾配のきつい神楽坂をのぼり、坂の中途で横道に逸れる。

櫟《くぬぎ》や小楢《こなら》の繁る小径《こみち》をすすみ、軽子《かるこ》坂へ抜ける手前で足を止めた。

四つ目垣に囲まれた瀟洒《しょうしゃ》なしもた屋が佇《たたず》んでいる。

蔵人介は簀戸《すど》門を抜け、敷居をまたいだ。

蛇の目をたたんで内へはいると、懐かしい顔に出迎えられた。

「お、これはこれは、めずらしい御仁が来よった」

顔じゅう皺《しわ》にして笑うのは、実父の孫兵衛だ。

「およう、早く出ておいで」

美人女将《おかみ》も、奥から満面の笑みであらわれた。

「これはお殿さま、お久しゅうございます」

「何かと忙《せわ》しのうて、すっかり足が遠のいてしまいました。もしや、仕込みの最中でしたか」

「いいえ、巳ノ刻から見世《みせ》を開けております。でも、このところは暇で」

おようの嘆きを、孫兵衛が引きとった。

「ごらんのとおりの閑古鳥《かんこどり》じゃわい。鬼役どのにせいぜい銭を落としていってもらわねばのう」

「父上もおひとがわるい。わたしは二百俵取りの貧乏旗本でござりますよ。それにしても、庖丁人の恰好がすっかり板についてまいりましたな」

「あはは、ほうかい」

孫兵衛は芯から嬉しそうに笑い、おように目配せする。

およう は奥へ引っこみ、酒肴《しゅこう》の仕度をはじめた。

蔵人介は細長い床几を挟み、孫兵衛とむきあう。

「父上、お元気そうでなによりにござります」

「その父上というのはやめてもらえまいか。おぬしは痩せても枯れてもお旗本のご当主。わしは、みてのとおり小料理屋の亭主にすぎぬ。他人に聞かれたら恥ずかしいわい」

「されば、なんとお呼びすれば」

「孫兵衛でよいわ」

「それはできませんな。父上は父上でござる」

「ふん。ま、わしのことなぞどうでもよい。おぬし、毒を盛られたそうじゃの」

「誰がそのようなことを」

「観音《かんのん》の辰《たつ》さ。ほれ、お調子者の岡っ引きがおったじゃろう」

「おぼえておりますよ。されどなぜ、岡っ引き風情が城内の秘密を」

「知らぬわ。ともあれ、おぬしが生死の狭間をさまよったと聞いた。見舞いにも行けずにすまなんだのう。わしにとって矢背家の敷居は高すぎるのじゃ」

「遠慮はいりませんよ。養母上も歓迎なさるでしょう」

「さようかのう」

「直参《じきさん》の安定した地位を擲《なげう》った父上の潔さ、養母上はことあるごとに褒めておられます」

「志乃さまが、まことか……ありがたいものよのう。それにしても、毒味役は難しいお役目じゃ。天守番とはどだいわけがちがう」

こたえあぐねていると、およう《ママ》が下りものの諸白《もろはく》を携えてきた。

肴《さかな》は蒟蒻《こんにゃく》の煮しめ、それと魚の揚げ物だ。

「ほう、公魚《わかさぎ》ですな」

「霞ヶ浦《かすみがうら》でとれたご献上のお品ですよ」

孫兵衛のつてで、御城の台所方から分けてもらったらしい。

さっそく酌をしてもらい、旬の公魚を食してみる。

「美味い、おようさんの手料理はじつに美味い」

「素材がよろしいのですよ」

おようは顔を赤らめ、奥へ引っこんだ。

それといれちがいに、旅装姿の夫婦らしき男女が敷居際にひょっこり顔をみせた。

「あの……女将さんはいらっしゃいますか」

女のほうが蓑笠を取り、おずおずとした物腰で一歩踏みだす。

年は三十路前後、化粧気のない女だが、なかなかの美人である。

どことなく、おように似ていた。

「おい、お客さまだぞ」

孫兵衛が奥へ声を掛けるまでもなく、おようが顔を出した。

「あら、おこまちゃん」

にっこり笑みを浮かべてみせる。

「姐《ねえ》さん、すっかりごぶさたしちゃって」

「何年ぶりかねえ」

「五年ぶりですよ」

「もう、そんなになるかい」

「はい。岩槻《いわつき》に引っこんじまってから、江戸へはなかなか来る機会もなくて」

「でも、訪ねてきてくれたんだね。嬉しいよ」

おこまは恥ずかしそうに顔を赤らめる。

「あの、このひとが定吉《さだきち》さんです」

「おこまちゃんを置屋から盗んだおひとだね。ふふ、そうだとおもったよ。たしか、腕の良い職人さんだったわねえ」

「木具職人ですよ」

「そうそう、おはなしには聞いておりました。おこまちゃんをたいせつにおもってくれる優しい旦那さまだってね」

「もう、姐さんたら」

おようは若いころ、柳橋《やなぎばし》で芸者をやっていた。おこまはそのころの妹分で、年季明けの宴席以来の再会らしかった。

孫兵衛は夫だと紹介され、しきりに白髪頭を掻いた。

蔵人介はひとり酒を呑みながら、ふたりの女を交互に眺めている。

時が逆戻りしてしまったせいか、おようが妙に艶めいてみえた。

一方、おこまのほうは、どことなく立ち姿がおかしい。

おようも、それと気づいていた。

「おこまちゃん、もしや、おめでたかい」

「ふふ、そうなんですよ」

「あらあら、こちらへお座りなさいな」

「姐さん、そうもしていられません」

「どうして」

「ご覧のとおりの旅仕度、このひととこれから川崎大師《かわさきだいし》へお詣りにいかねばなりません」

「それで、立ちよってくれたんだね」

「はい」

「でも、安産祈願なら三田《みた》の水天宮《すいてんぐう》、有馬《ありま》様じゃないのかい」

「ええ、でも、あたしは三十三でこのひとは四十二。ふたりとも本厄《ほんやく》なもので、なにはともあれ厄落としをとおもったものですから」

「そうかい、それもそうだね。でも、さきを急いじゃいけないよ」

「はい」

「ちょっとお待ちな」

およう は奥へ引っこみ、小さな壺を携えてきた。

「これを持っておいき、紀州《きしゅう》の梅だよ」

「姐さん」

「それから、これ」

およう は包み紙を手渡した。

「些少《さしょう》だけど、路銀《ろぎん》の足しにしておくれ」

「そんな」

「いいんだよ。おまえはじつの妹も同然なんだから」

「あ、ありがとう……姐さん」

おこまは大きな目に涙を溜め、祈るように包み紙を押しいただいた。

ふたりは丁寧にお辞儀をし、蓑笠を身につけた。

蔵人介もいれて三人で、小径へ見送りに出る。

「小雨になってきたな」

孫兵衛が満足げに頷いた。

おこまは何度か振りむいて挨拶をし、実直そうな定吉に肩を抱かれながら遠ざかっていく。

「無事にたどりついてくれればよいのだけれど」

おようは不安げにつぶやき、雨に濡れた睫毛を瞬《しばたた》かせた。

二

翌日、いちど熄んだ雨は丑《うし》ノ刻(午前二時)から降りはじめ、いっこうに熄む気配もない。

蔵人介は非番だったので、日がな一日、雨を眺めながら過ごした。

小腹の空いた八《や》ツ刻(午後二時)になり、合羽《かっぱ》を着た五十がらみの男がひとり訪ねてきた。

目つきのよくない男で、すぐに十手持ちだとわかった。

「お殿さま、観音の辰でごぜえやす」

「おう、おぬしか」

「へへ、お忘れでしたかい」

「しばらくぶりだからな」

「おからだのほうは、もうよろしいので。毒気は抜けやしたかい」

「とっくに抜けたわ。おぬしはそうしたはなしを、いったいどこから仕入れてくるのだ」

「へへ、こうみえても地獄耳でやしてね」

辰造《たつぞう》は合羽を脱ぎ、頭髪の雨粒を手拭いで払った。

「急ぎの用件か」

「いいえ、それほどでも」

「そうか。まあ、座れ」

「へい」

辰造が縁側の隅へ遠慮がちに座ると、幸恵が気を利かせ、緑茶と茶菓子を運んできた。

「こいつはめえったな。お美しい奥方さまにお茶を淹《い》れていただくなんてね。しかも、茶菓子は落雁《らくがん》ですかい。岡っ引き風情にゃ贅沢《ぜいたく》な代物《しろもの》ですぜ」

辰造はずずっと茶を啜り、落雁を手に取って栗鼠《りす》のように齧《かじ》った。

「どうした、父上に何かあったのか」

蔵人介が語気を強めると、岡っ引きは苦い顔をつくった。

「心配なのは女将のほうでさ」

「おようどのがどうしたのだ」

「あっしが余計なことを喋っちまったせいで、寝込んじまったんでさ。それで、孫兵衛の親爺さんがお殿さまにも事情を知らせてほしいと」

「おぬし、何を喋ったのだ」

「怖えなあ。鬼役のお殿さまに睨まれたら、生きた心地がしやせんぜ。あっしは何も与太話《よたばなし》を聞かせたわけじゃねえんだ」

「よいから喋ってみよ」

「茶壺《ちゃつぼ》道中ってのはご存じですかい」

「茶壺の大名行列か。そういえば、ちょうど今ごろの季節であったな」

御用達に指定された京の宇治《うじ》茶を茶壺に入れ、東海道で江戸へ運ぶ仰々《ぎょうぎょう》しい行列のことだ。

八十八夜を過ぎると、幕府はかならず洛南の宇治へ採茶師《さいちゃし》の一行を派遣する。数寄屋衆《すきやしゅう》から選ばれた茶道頭《さどうがしら》を中心に一行はかなりの人数にのぼり、茶壺の数は百を超えるときもあった。

厳選された茶葉は「極上」や「鷹爪《たかのつめ》」などと称され、茶壺に詰めて封印したうえで羽二重《はぶたえ》と袱紗《ふくさ》にて包み、葵紋《あおい》をあしらった四角い箱に納める。

四角い箱を吊るした何挺《ちょう》もの長棒駕籠《ながぼう》が東海道を下るにあたり、茶壺は五摂家《ごせっけ》に準じる格式とされ、大名でさえも行きあえば駕籠を降りて挨拶しなければならない。

道普請《みちぶしん》は入念におこなわれ、農家の繁忙期にもかかわらず、沿道の田植えは禁止、子どもの戸口への出入り、屋根の置き石や煮炊きによる炊煙も不可、葬送などはもってのほかとされた。

——ずいずいずっころばしごまみそずい、茶壺におわれてとっぴんしゃん。

という歌は、そもそも、茶壺道中を迷惑がった百姓たちのあいだに広まった童歌《わらべうた》ともいわれる。

「辰造、茶壺道中がどうしたというのだ」

「へ、じつは今朝方、川崎宿の砂子《いさご》でとんだ惨劇が起きやしてね。茶壺の行列を割った居職《いじょく》の女房が斬られたんでさあ」

「無礼討ちか」

「ええ。ところが、斬られたな妊婦《はらみおんな》でやしてね」

「なんだと」

動悸《どうき》が激しくなりはじめた。

「名はおこま、年は三十三の本厄でやした。木具職人の亭主に連れられ、川崎大師へ厄除け祈願に訪れた矢先、茶壺道中に遭っちめえやがった」

蔵人介はことばを失い、辰造のはなしに耳をかたむけた。

おこまと定吉は「さきを急いじゃいけないよ」というおようの助言を受けいれ、昨晩は品川《しながわ》宿の旅籠《はたご》に泊まった。そして、今朝方になって宿を発ち、川崎大師へむかう途中で不運にも茶壺道中に遭遇してしまった。

辰造によれば、夫婦揃って沿道で土下座をしていたところ、おこまが急に腹痛を訴えたらしい。定吉は必死になだめながら行列が過ぎるのを待ったが、おこまはあまりの痛みにわれを忘れて立ちあがるや、重い腹を抱えてふらふらと行列を横切ってしまった。

「無礼者、と茶坊主がまず怒鳴りあげ、供人ふたりが身重のおこまの両腕を左右から抱えて引きずった。ご勘弁を、ご勘弁をと、定吉は泣きながら供人に縋《すが》りついたそうです」

供人は大刀の柄を握ったものの、相手が妊婦とわかり、さすがに躊躇《ためら》った。

そこで、茶道頭の横内恵俊《よこうちけいしゅん》に伺いを立てたところ、恵俊は鰾膠《にべ》もなく「首を刎《は》ねよ」と命じたらしい。

それでも、供人が躊躇っていると、新番組頭の大田原権之丞《おおたわらごんのじょう》なる巨漢がのっそりあらわれ、無言で歩みよるや、抜き際の一太刀でおこまの首を刎ねた。

「血も涙もねえ連中でさあ」

哀れ、おこまの首無し胴は、曇天にむかって茫々《ぼうぼう》と血を噴いた。

一方、定吉は路傍に転がった死に首を掻きいだき、狂ったように慟哭《どうこく》しつづけた。

「聞けば、定吉も四十二の本厄だったとか。茶壺の一行は素知らぬ顔で、六郷《ろくごう》の渡しを越えていきやがった」

今時分は、東海道を意気揚々《ようよう》と練り歩き、江戸城を指呼《しこ》のうちにおいたところにちがいない。

「なるほど、行列の供先を割ってもお構いなしとされるのは産婆だけ。それが御上《おかみ》の取りきめた法度《はっと》とはいえ、産婆はよくて妊婦はだめとは、おかしなはなしじゃありやせんか。大きい声じゃ言えやせんがね、葵の紋所が泣いておりやすぜ」

辰造におこまの死を聞かされた途端、おようの顔からさあっと血の気が引いた。

へなへなと土間に倒れこみ、気を失ってしまったのだ。

動顚《どうてん》した孫兵衛に頼まれ、辰造は雨のなかを御納戸町まで駆けてきた。

「済まなかったな、親分」

「いいんですよ。そんなことより、どういたしやす」

「ふむ、今から見舞いにまいろう」

辛気くさい面をみせたところで、おようの慰めにはなるまい。

だが、蔵人介には放っておくことができなかった。

三

城内で茶を点《た》てる役目の数寄屋衆には世襲《せしゅう》の頭が三人おり、その下に組頭が六、七人、坊主が五十人程度いる。

将軍家や御三家御三卿、溜之間《たまり》詰の御家門などにも茶を点てる。

数寄屋にて殿さまと会話ができることから権勢を得、諸大名からの付け届けはひきもきらず、組頭あたりでも大身《たいしん》旗本並みの裕福な暮らしを享受できた。

数寄屋坊主組頭、横内恵俊の専横《せんおう》ぶりは、近ごろ、目に余るものがある。老中首座の水野忠成《みずのただあきら》から気に入られ、水野家出入りの茶道をつとめるにいたり、諸大名衆から下へも置かぬあつかいを受けるようになり、世襲の数寄屋坊主頭をも凌《しの》ぐ富と権力を掌中にしつつあった。

宇治御献上茶の名誉ある採茶師に選ばれたのも、水野の推輓によるものだ。

こうまで持ちあげられると、本人も勘違いするようになり、ちょっとでも気に食わぬ小納戸衆などがあれば頭ごなしに叱りつけたり、大名家の留守居役《るすいやく》とみれば公然と賄賂を強要する。横柄きわまりなく、たとえば御膳奉行などは「骨取り、骨抜き」などと莫迦にしくさり、歯牙《しが》にも掛けないありさまだった。

「たかだか四十俵取りの坊主めが」

憎々しげに吐きすてるのは、従者の串部六郎太だ。

血の気の多い串部はこたびの顚末を知り、怒りに震えた。

「夕餉のおり、大奥様もお怒りでしたぞ。さような坊主は首をちょん切ってしまえと仰り、味噌汁の椀を投げつけようとされたではありませぬか」

椀を投げつけずに口に持っていき、ずるっとひと口啜って「熱っ」と言いながら顔を怒りで赤く染めた。激情に駆られた志乃の様子なら、蔵人介も目に留めている。そうしたこともあってか、串部は命じられたわけでもないのに、恵俊の行状を探っていた。

「きゃつめは本所《ほんじょ》に千二百坪の拝領地を賜り、築地塀《ついじべい》をめぐらした立派な御屋敷に住んでおります。贅沢暮らしに馴れきり、他人の命を屁ともおもわぬようになったのでござる。少しでも気に食わぬと難癖をつけ、御用達商人は出入御免にさせられるわ、小役人は役を外されるわ、迷惑を蒙った連中は枚挙《まいきょ》にいとまがござりませぬ。殿、大奥様も仰せのとおり、恵俊のごとき輩を生かしておいては世のためになりませぬぞ」

天に代わって成敗しましょうと、串部は顎を突きだす。

神楽坂におようを見舞ったとき、孫兵衛にも同様の眼差しをむけられた。

そのときも蔵人介は黙して応じず、眉間に皺を寄せただけだ。

権威を笠に着た数寄屋坊主のひとりくらい、闇討ちにするのは容易《たやす》い。

しかし、蔵人介にはためらいがあった。

恵俊と同類の悪党ならば、城内には掃いてすてるほどいるのだ。それに、誰かから命じられるのではなく、みずからの決断で一線を踏みこえるには勇気がいる。

かつて、若年寄長久保加賀守の飼い犬であったころは、斬らねばならぬ理由も告げられず、命じられるがままに白刃をふるった。暗殺御用という役目に罪の意識を抱きつつも、相手が悪人であることを信じて斬りすてた。

人を斬るたびに、念仏を唱えながら狂言面を打った。

人よりは鬼、神仏よりは鬼畜、鳥獣狐狸《こり》のたぐいを好んだのは、みずからのささくれだった心象《しんしよう》を映すのにふさわしいと考えたからだ。

木曾檜《きそひのき》の表面を荒く削り、鑢《やすり》を掛け、漆を塗って艶を出す。

仕上げにはかならず、面の裏へ「侏儒《しゆじゆ》」と号を焼きつけた。

侏儒とは取るに足らぬもの、おのれのことにほかならない。

面打ちに没入することで、罪の意識を少しは薄めることができた。今にしておもえば、誰かに命じられてやったことだからこそ耐えられたのだ。

いっそのこと、橘右近の飼い犬になれば、あれこれ悩まず済むのにとおもう。

今は、その決断もつかない。

蔵人介は自分に腹が立った。

横内恵俊は紛れもなく、おこまの首を刎ねさせた。

凶刃をふるった大田原権之丞なる男も、従前から評判のよくない旗本らしかった。

ともども、地獄へ堕《お》ちてしかるべき外道なのだ。

にもかかわらず、一線を越えられぬ自分が無性に腹立たしい。

蔵人介は葛藤《かっとう》を抱えながらも平静を装い、小雨のそぼ降るなかを出仕した。

本日は端午《たんご》の節句、幼い男子のある武家は玄関に鯉幟《こいのぼり》を飾り、みなで柏餅を食べる。

江戸城は諸大名の総登城。大手門前と桔梗《ききょう》門前の随所には薄縁《うすべり》が敷かれ、下馬先一帯は諸藩の供人たちで溢れかえった。西ノ丸の太鼓櫓《やぐら》から響いてくるのは、諸大名の登城を触れる太鼓の音だ。御三家を除く大名は下乗門、中之口御門、中《ちゅう》雀《じゃく》門と徒歩にて渡らねばならぬ。

城内では供人もおらず、たったひとりで控え部屋へおもむき、弁当や茶もみずから用意しなくてはならない。同朋衆に知りあいがあれば、何かと便宜《べんぎ》をはかってくれるものの、それには常日頃の付け届けがものをいう。

万石の大名ともあろう者が、口惜しくも城内に不案内であるがゆえに、吹けば飛ぶような城坊主どもの機嫌を取らねばならない。城内には摩訶《まか》不思議な地位の逆転が存在するのである。

待機部屋は格付けに応じて決められ、たとえば、大廊下《おおろうか》と通称される表座敷の居間には御三家、御三卿と前田、島津、池田《いけだ》、福井松平《まつだいら》家など、大広間には伊達、毛利《もうり》、上杉《うえすぎ》など官位が従四位《じゅしい》以上の外様を中心とした国持《くにもち》大名二十数家、黒書院溜之間には高松《たかまつ》松平、会津《あいづ》松平、井伊《いい》の三家など、白書院帝鑑之間には譜代《ふだい》大名六十数家、柳《やなぎ》之間には五位以下の大名、雁《がん》之間には高家と譜代四十数家、菊之間には大番頭《おおばんがしら》、書院番頭《しょいんばんがしら》、さらには橘右近のつとめる小姓組番頭、芙蓉《ふよう》之間には三奉行はじめ大目付《おおめつけ》、駿府城代《すんぷじょうだい》、奏者番《そうしゃばん》などといった大名旗本たちが控え、家斉との対面を待っていた。

さらに、表玄関に近い遠侍《とおさぶらい》には御徒《おかち》、虎《とら》之間には書院番、蘇鉄《そてつ》之間には大名の留守居役などがぎっしり詰めている。城内は異様な熱気に包まれ、案内や茶出しの同朋衆は部屋から部屋へ独楽鼠《こまねずみ》のように動きまわっていた。

饗応《きょうおう》の膳が増えるので、庖丁方も忙しい。ただ、鬼役はそうでもなかった。公方の膳に関していえば、刻限も献立も平常《ふだん》とさして変化はない。大きなちがいは、御神酒《おみき》の毒味が増えることくらいだろう。

家斉は上戸《じょうご》なので、御座之間にて御三卿と対面するときも、白書院にて御三家や前田家当主などと対面するときも、大廊下詰の徳川一門や溜之間詰の大名と対面するときも、あるいは、大広間にて従四位以上の大名に独礼を受けるときでさえ、返盃用の御酒に口をつける。

鬼役はこれらをいちいち、毒味しなければならない。

朝の四ツ（午前十時）ごろから昼の八ツ（午後二時）ごろまでは、ほとんど間断《かんだん》なく呑んでいる。

鬼役とは、酒に強くなければ務まらぬ役目なのだ。もっとも、酒好きで酒に溺れるようでは務まらない。強靭《きょうじん》な意志も求められる。

蔵人介は顔色ひとつ変えず、小納戸衆の運んでくる御酒を呑みつづけた。

さすがに、小用の回数は増える。昼餉の毒味前に用足しをしておこうと厠へおもむいたとき、中奥の厨房付近であまり見掛けぬ立派な身なりの殿さまに出くわした。

殿さまといっても、年はまだ十五、六であろう。

新調したばかりの肩衣に半袴《はんばかま》を穿《は》き、困った顔でうろついている。

「もし、なんぞお困りのことでも」

やんわり質すと、殿さまは半泣きの顔になった。

「じつは迷ってしまいました。御城内は迷路のようで」

「お部屋は」

「菊之間です」

「御譜代さまでございますな」

「常陸下妻藩《ひたちしもつま》、井上正健《いのうえまさたけ》にござる」

従五位下遠江守《じゆごいのげとおとうみのかみ》、一万石、国元に城もない陣屋《じんや》構えの小大名だ。

「今年が初の江戸在府にて、城内での作法にもうとく、何かと困っております」

「お見掛けしたところ、しっかりなされておられますぞ。同朋衆に顔見知りはおられませぬのか」

「同朋衆なら竹阿弥《ちくあみ》、数寄屋衆なら数寄屋坊主組頭の横内恵俊どのを頼れと、江戸家老に申しつけられました。ところが、正月明けに上屋敷へ招じて以来、おふたりとは逢ってもおらず、人伝《ひとづて》にお呼び申しあげても顔すら出してくれません」

付け届けが足りぬのだ。

年若い一万石の小大名とみて、小莫迦にしているのだろう。

なおざりにしておいて、恥を掻かせてやる。坊主どもは秘かに「田舎大名への躾《しつけ》」と呼んでいるらしいが、城内でよく見掛ける大名いじめであった。

竹阿弥ならば、蔵人介の知らぬ相手ではない。陰湿なことを好んでやる坊主だ。年は四十前後。大名の付け届けで肥《ふと》り、口端にいつも皮肉な笑みを浮かべていた。

上には諂《へつら》い、下には横柄な態度で接する。恵俊を鏡に映したような男で、それがためか、ふたりは蜜月の関わりを築いているようだった。

竹阿弥が中小大名にはたらきかけて口添えを頼まれ、老中首座の茶道坊主でもある恵俊に橋渡しをする。ふたりはつるんで大名への見返りを求め、よりいっそう蓄財を増やしてゆくという筋書きだ。

ともあれ、十五、六の若殿が城内で右往左往するのを、竹阿弥は遠目から眺めて楽しんでいるのにちがいない。

蔵人介は怒りを抑えつつ、穏やかな口調で喋った。

「されば、拙者がお部屋まで案内いたしましょう」

「かたじけない、貴殿は」

「これは失礼つかまつりました。御膳奉行の矢背蔵人介にござります」

「矢背どの、助かります」

蔵人介は先導しながら、殿さまが哀れにおもわれて仕方なかった。

糞坊主め。

気持ちの奥底で、何かがぷっつり切れかけている。

あと少しでも刺激されれば、内に溜まった怒りが爆発することだろう。

雁之間を目前にした渡り廊下の隅で、蔵人介は誰かにつっと袖を引かれた。

「鬼役どの、どこへ行かれる」

高飛車《たかびしや》に発したのは、撫で肩の坊主だ。

「竹阿弥どのか」

「お大名衆の案内はわれら同朋の役目。ふふ、鬼役どのが余計なことをなされては困りますな」

蔵人介は、片眉をぴくりと吊りあげた。

冷静でいられるのが、自分でも不思議なくらいだ。

しかし、つぎのひとことだけは容認できなかった。

竹阿弥は薄い唇《くち》もとを近づけ、こう囁いた。

「相手はたかが一万石の小大名、それも十六の小僧ですぞ。べそを掻きながら城内を迷われるのも修行のうち、放っておけばよろしい」

「なんだと」

口よりもさきに手が出ていた。右の拳が鳩尾へめりこんでいる。

白目を剝いた竹阿弥の襟首をつかみ、蔵人介は廊下の隅に立たせた。

「矢背どの……ど、どうなされた」

驚いた殿さまには、何が起こったのかわからない。

「ご案じめさるな。竹阿弥どのは気分がすぐれず、気を失ってしまわれた。厠へお連れしますゆえ、遠江守さまはあちらへ」

菊之間を指差すと、若い殿さまは健気《けなげ》にもぺこりとお辞儀をした。

「かたじけない。この御恩は生涯忘れませぬ」

「もったいない。拙者は当然のことをしたまで」

「いいえ、わたしは田舎者でございます。矢背どののお心遣いが身に沁みました」

まだ幼い顔をしているというのに、度量の広さは一国を統べる藩主のものだ。

蔵人介は感服した。

「遠江守さま、ひとつ生意気なことを申しあげても」

「どうぞ」

「人の価値は石高《こくだか》なんぞで測られるものではありませぬ。たとい、一万石のお大名であろうとも、堂々と胸を張っておられなさい」

殿さまは蔵人介をみつめ、にっこり微笑んだ。

踵を返すや胸を張り、菊之間へ消えてゆく。

「よし、それでよい」

蔵人介はひとりうなずき、気絶した竹阿弥を介抱しているふりを装いつつ、渡り廊下を駆けもどった。そして、周囲に誰もいないのを確認するや、坊主頭をぺしっと一発叩き、そのまま厠の糞溜《くそだめ》へ抛《ほう》りこんだ。

四

夕刻、日没も間近になったころ、蔵人介は譴責之間へ呼びだされた。

糞まみれの城坊主が同朋頭あたりを通じ、中奥を仕切る碩翁へ告げ口したのだ。

覚悟はできていたので、顔も気分もこざっぱりしていた。

腹を切れと命じられれば、そうするつもりだ。

一万石の殿さまが最後にみせた笑顔には、腹を切るだけの値打ちがあった。

薄暗い譴責部屋には碩翁以外に誰もおらず、重苦しい空気に包まれていた。

「矢背蔵人介か、譴責部屋は久方《ひさかた》ぶりであろう。黄白《おうはく》の鯖《さば》の件が裁かれたのはたしか昨年の文月《ふみづき》、あれ以来か」

「は」

「あのときは本丸御留守居の稲垣主水丞《いながきもんどのじょう》どのも部屋におられたの。ごんたくれの三男坊を救ってくれと頼まれたのだったわ。ところが、尾州大納言《びしゅうだいなごん》様の鯖代三千両が盗まれた件に絡み、稲垣父子は不審な死を遂げおった。病死としてあつかわれたがの、おおかた刺客の手にでも掛かったのじゃろうて。のう」

探るような目をむけられても、蔵人介は眉ひとつ動かさない。

本丸御留守居は職禄五千石の旗本最高位、蔵人介が稲垣主水丞を手に掛けたのは、橘右近の命にしたがわざるを得なかったからだ。

三男坊の金吾《きんご》は箸にも棒にも掛からぬ厄介者で、天保鶺鴒《せきれい》組なる不逞《ふてい》の集まりをつくって悪さをはたらいていた。宗次郎とも顔馴染みだった金吾は三千両の強奪にも加担したあげく、屋敷の離室に軟禁されて気が触れた。仕舞いには、串部の同田貫によって首を落とされたのだ。

が、今は来し方の出来事を回想しているときではなかった。

「ほかでもない、おぬしを呼びつけたのは竹阿弥の一件よ。あの者を御膳所側の厠へ抛《ほう》りこんだそうじゃのう」

碩翁の目は笑っている。

だが、油断はなるまい。

「別の者から事情は聞いたぞ。竹阿弥が齢十六の小大名をからかったのが原因とか。おぬしはたまさか通りかかり、とばっちりを受けた恰好じゃ。下妻藩井上家の御初代は文昭院様《ぶんしょういんさま》（第六代将軍家宣《いえのぶ》）が甲府《こうふ》の御城主であられたころの家老職、御遺言によって御大名にとりたてられた家柄じゃ」

家宣といえば生類憐《しょうるいあわれ》みの令《れい》を廃し、正徳《しょうとく》の治《ち》をもたらした人柄の良い将軍だった。たとい、一万石の小大名といえども、将軍家の信頼も厚い井上家を粗略《そりゃく》にあつかうものではないと、碩翁はらしくもないことを滔々《とうとう》と述べる。

「しかるゆえに、竹阿弥に非がないと申せば嘘になる。しかもじゃ、どうしたわけか同朋頭ではなく、御数寄屋坊主頭からこの件を依頼されての。調べてみると御数寄屋坊主組頭の横内恵俊が絡んでおった。川崎宿で妊婦の無礼討ちを命じた例の採茶師よ。近ごろはたいそう羽振りがよいらしく、わしのもとへもせっせと黄金餅をはこんでくる。なかなかに重宝《ちょうほう》な男さ。ああした輩は適当に泳がせておくにかぎる。でな、聞けば、竹阿弥は恵俊の子飼いという。ふたりはどうやら、おぬしのやったことを許せぬらしい」

碩翁はこちらの様子を窺い、くふふと意地悪げに笑った。

「わしの権限で腹を切らせよとな、かようにせっつくのじゃ。ぬほほ、いかがいたす。武士らしく腹掻っさばいてみせるか」

「仰せのとおりに」

間髪《かんはつ》を容《い》れずに応えると、碩翁は目を剝いた。

「これしきのことで、まことに腹を切るのか」

「御意」

「ふん、可愛げのないやつめ。せっかく助けてやろうとおもうたに」

碩翁は閉じた扇で肩を叩き、貧乏揺すりをはじめた。

さらには爪を嚙みながら、何やら策を練っている。

蔵人介は平伏したまま、つぎのことばを待った。

「矢背蔵人介」

「は」

「おぬしの助かる方法がひとつある。聞くか」

「はい」

「されば言おう。横内恵俊を亡き者にいたせ」

重々しく命じられ、おもわず顔をあげた。

眼差しのさきには、底意地の悪そうな皺顔がある。

「あやつは鬱陶《うっとう》しい。それが理由よ。もう少し泳がせておく手も考えたが、やはり、恵俊のごとき不逞の輩をのさばらせておくと、ろくなことにならぬからの」

碩翁は呵々《かか》と嗤《わら》い、ふっと腰をあげた。

「なるべく早く始末いたせ。殺《や》るか殺らぬかの返事はいらぬ。殺らぬというのなら腹を切るがよい。鬼役づれに考える余地なぞ与えぬわ」

蔵人介は平伏し、部屋から出ていく碩翁の背を見送った。

さて困った、予想外の展開だ。

恵俊を葬らねば、こちらが腹を切らされる。

悪辣《あくらつ》坊主を生かして死ぬのも、何やら口惜しい。

「やらずばなるまいか」

それでも、蔵人介は決めかねていた。

五

五日後。

今夜も湿った空気がたちこめている。

月は隠れ、いましも雨が落ちてきそうな雲行きだ。

蔵人介は串部を伴い、本所竪川《たてかわ》は三ノ橋《さんのはし》南にある数寄屋坊主の拝領屋敷へやってきた。

川端に植えられた桐の木陰に隠れ、獲物が帰宅するのを待っている。

あと四半刻《しはんとき》(三十分)もすれば、恵俊はあんぽつに揺られながらもどってくるはずだ。

「殿、お覚悟のほどは」

串部に質され、蔵人介はむっとした。

「疾《と》うにできておるわ」

「さようでござりますか。拙者にはそうはみえませぬぞ。碩翁の命にしたがうのがお嫌なのでしょう。されど、こたびは甘んじてお受けなされ。どのみち恵俊めは地獄送りにせねばならぬ外道。都合よく葬る機を得たとおもえば、それでよいではありませぬか」

串部のように割りきってしまえば、あれこれ悩むこともなかろう。

蔵人介はしかし、この期《ご》におよんでも迷っている。

斬るべきか、斬らざるべきか。

「迷いは太刀ゆきにあらわれますぞ。おこまの不運をお思いなされ。さすれば、迷いなど微塵《みじん》も浮かばぬはず」

たしかにそうだ。

蔵人介は、哀れな妊婦の恥じらいをふくんだ笑顔をおもい浮かべた。そして、悲しみのどん底から抜けだせぬ疲れきったおようの顔と、誰かに恨みを晴らしてほしいと訴える孫兵衛の顔がかさなった。

亭主の定吉は、どうしているのだろうか。

置屋の芸者おこまに惚れた木具職人の一途さが、妙な方向へむかわねばよいがと案じられた。

「横内家用人の石動亭《いするぎとおる》なる者、三尺余りの長竿をあつかう巌《がん》流の遣い手とか。そちらは拙者におまかせあれ」

「ふむ」

「殿、あれを」

群雲の狭間から、忽然《こつぜん》と月が顔を出した。

静かに流れる川縁の道をたどり、駕籠がひとつ近づいてくる。

「あんぽつか」

「そのようですな。駕籠脇に用人らしき影もござる」

石動亭なる剣客は、丈も横幅もある男だった。

「懼《おそ》れるに足りず」

串部はうそぶき、懐中から黒い布を取りだす。

「あん、ほう、あん、ほう」

駕籠はぐんぐん近づいてきた。

蔵人介と串部は、布切れで鼻と口を覆った。

駕籠は眼前を通りすぎ、棟門《むねもん》の手前で下ろされた。

畳表の垂れが捲《まく》られ、白足袋につづき、恵俊の坊主頭が出てくる。

からだつきはずんぐりしており、顔つきは肉饅頭《にくまんじゆう》のようだ。

二重顎を震わせ、石動に何か命じている。

石動が駕籠脇を離れた。門を敲《たた》きにいったのだ。

「串部、まいるぞ」

「は」

木陰から、ふたつの影が弾けとんだ。

「うわっ」

駕籠かきどもが逃げさり、石動が太い首をねじりかえす。

「くせものめ」

大男は怒声《どせい》を発し、長尺刀を抜きはなった。

が、それよりも捷《はや》く、同田貫が地を這《は》った。

「ぬおっ」

石動は右臑を飛ばされ、どしゃっと肩から落ちた。

臑から血を噴きながらも、闇雲に刀を振りまわす。

「ぐおおお」

血走った眸子《まなこ》で威嚇され、串部はとどめを刺しあぐねた。

一方、蔵人介は恵俊と対峙したまま、一歩も動けない。

「殿、いかがなされた」

焦《じ》れた串部の声は、蔵人介の神経を呼びさますには小さすぎた。

「オン　ソンバニソンバウン　ギャリカンダギャリカンダウン　ギャリカンダハヤウン　アナウヤコク　バギャバン　バザラウンハッタ……繋ぎとめる津まかいの綱、行者《ぎょうじゃ》解かんずれば解くべからず」

恵俊は印《いん》を結んで不動明王の咒《じゅ》を唱え、九字を切った。

「うくっ」

蔵人介は不覚にも、金縛りの術に掛かったのだ。

手足が動かず、息も苦しい。
瞼《まぶた》を瞑《つむ》ることもできなかった。
相手のすがたは、はっきり見えている。
恵俊は表情も変えず、反りの深い太刀を抜いた。
数寄屋坊主が太刀を佩《は》いていること自体、あり得ぬはなしだ。
「オン　ソンバニソンバウン　ギャリカンダギャリカンダ……」
咒は地の底から響いてきた。
「くそっ」
ゆっくり、死が近づいてくる。
恵俊は三尺の間合いを踏みこえ、太刀を上段に振りかぶった。
あとは一気に振りおろせばよい。
蔵人介はわずかな抵抗もできず、頭蓋《ずがい》を割られるにちがいない。
口惜《くや》しいともなんともおもわなかった。
術に掛かり、脳味噌まで溶けてしまったのだろうか。
「逝《ゆ》くがよい」
恵俊は抑揚《よくよう》もなく発するや、両袖をひるがえした。

目を瞑ることもできない。

刃風は聞こえず、白刃だけが残照のように閃いた。

死ぬのか。

あきらめかけた。

刹那《せつな》、黒い陣風が鼻面を嘗《な》めて通りすぎた。

腕に痛みが走り、突如、神経が覚醒する。

「ぬはっ」

蔵人介は後方へ跳ねとび、片膝を折敷《おりし》いた。

つぎの瞬間、恵俊の首がすぱっと胴から離れた。

死に首は鮮血に噴かれて宙へ舞い、地べたに落ちて脳漿《のうしょう》をぶちまけた。

「ふえええ」

恵俊の死を目にした石動の喚きを鎮めるべく、串部の刃が咽喉笛《のどぶえ》を刺しつらぬいた。

「ぐえっ」

贓を失った男は、血溜まりに沈んでいった。

数寄屋坊主恵俊を葬ったのは、串部ではない。

首無し胴のかたわらに、小柄な男が蹲《うずくま》っている。

「尿筒持ちか」

つぶやいた蔵人介の袖はちぎれ、血が滲んでいた。

「おぬし、わしを斬ったな」

「術を解くためにござります」

公人朝夕人、土田伝右衛門はにやりと笑った。

亀戸天神で受けた傷は、疾うに癒《い》えていたらしい。

「鬼役どの、危ういところでござったな」

「油断したわ。数寄屋坊主が不動明王の咒を唱えるとは夢にもおもわなんだ」

「この者は、恵俊ではござりませぬぞ」

「なに」

「身は恵俊なれど、空洞《うろ》にすぎず」

「わからぬな」

「岩船寺《がんせんじ》の笑い仏めに、御霊《みたま》移しの術をほどこされたのでござる」

「笑い仏だの、御霊移しだの、おぬし、何をほざいておる」

岩船寺とは宇治街道の南、奈良坂《ならざか》手前の当尾《とうの》にある阿弥陀《あみだ》堂のことだ。

「笑い仏と申せば、寺の近くで野晒しになった野仏のことではないか」

「よくご存じですな。宇治街道をさらに南へむかえば南都《なんと》奈良にござる。拙者は南都を探り、茶壺の一行を跟《つ》けて江戸へもどってまいりました」

「まことか、それは」

「はい。亀戸天神の一件は例幣使の仕業、橘右近さまはかように読んでおられます。上様が蘭奢待を望まれるかぎり、西からは刺客が陸続《りくぞく》と送られてくるやに相違ない。されば先んじて相手方の動向を探っておかずばなるまいと、橘さまはご命じになられました」

「いったい、南都の何を探る」

「申すまでもなく、南都の中心は東大寺盧舎那仏《るしやなぶつ》。大仏を守護する力者たちが禁裏に集められ、密命を授けられた形跡がござります」

「力者とは」

「ふふ、それは鬼役どののほうがお詳しいのでは」

「知らぬわ」

「されば、ご説明いたしましょう。力者たちはいずれも武術の達人、なかには法力《ほうりき》を駆使する輩もござる。みな正体を秘し、神仏神獣の名を冠されております。岩船寺の笑い仏もそのひとり。禁裏と南都を繋ぐ不動明王の化身とか」

「まさか」

「にわかには信じられますまい。されど、恵俊も御霊移しの術を掛けられました。笑い仏めは茶壺道中の一行に紛れ、江戸へまいったものとおもわれます」

「そやつが当面の刺客か」

「御意。なれど、正体はいまだ不明にござる」

南都の闇は濃く深い。正倉院宝物殿を侵さんとする者は仏敵、闇に蠢く者たちが容赦なく牙を剝く。

「川崎宿にて妊婦を斬った大田原権之丞なる新番組頭、こやつも術を掛けられたやに相違ござらぬ。そもそも、大田原は宝蔵院《ほうぞういん》流槍術《そうじゅつ》の手練。宝蔵院流と申せば、興福寺《こうふくじ》にござります」

「手強いな」

「刺客どもの狙いはただひとつ、上様の御首級《みしるし》にござる。これを阻むのがわれらのお役目。鬼役どの、躊躇《ためら》っておるときではありませぬぞ」

公人朝夕人は薄く笑い、闇の底へ消えていった。

「殿、妙な塩梅《あんばい》になってきましたな」

串部は樋《ひ》に溜まった血を振り、武者震いしてみせた。

六

翌早朝に降りだした雨は、午ノ刻過ぎから本降りとなった。

城からの帰路が遠く感じられ、おまけに浄瑠璃坂は泥濘《ぬかるみ》に変わっている。

裾を泥だらけにしながら自邸へ帰りつくと、志乃の部屋に客がひとり訪れていた。

ゆったりとした物腰の三十男で、風体《ふうてい》は商人とも職人ともつかない。

鋭い鷹のような眼差しは、どこかで目にしたことがある。

刀剣の鑑定家に、似たような目をした人物がいた。

「宇治の茶師で神林香四郎《かんばやしこうしろう》どのです」

志乃に紹介され、蔵人介ははっとした。

「どうなされた。鳩が豆鉄砲を食らったような顔じゃぞ」

「失礼いたしました」

「神林どのと川崎宿の一件をはなしていたところよ。妊婦を手討ちにするなど、あってはならぬはなし。しかも、新番組頭の大田原権之丞なる御仁は、以前から評判の芳《かんば》しくないお旗本だとか。それから、横内恵俊どのと申せば、御大名衆ですら気を遣わねばならぬ食わせ者と聞いております。ふたりには罰を与えねばなりますまい」

「養母上《ははうえ》、恵俊どのは昨夜、自邸の門前で暴漢に襲われ、落命したそうです」

「おやまあ」

「城内で恨みをもつ者の仕業ではないかと、もっぱらの評判でしてね」

志乃は動揺もせず、じっくり頷いてみせる。

「それこそ自業自得《じごうじとく》と申すもの。新番組頭のほうにも誰かが天罰を与えねばなりますまい。蔵人介どの、いっそ、あなたがやってみては」

「莫迦な、人斬りをやれとでも」

「ほほほ、何もそこまでむきにならずとも。わたくしは喩《たと》え話をしたまで。そうでもしなければ、首を刎ねられた女性《にょしょう》の御霊は浮かばれまい」

「はあ」

蔵人介は冷や汗を掻いていた。志乃には何から何まで見透かされているようで怖い。

黙っていた神林香四郎が、おもむろに口をひらいた。

「お殿さま、世の中には生きる価値のない者がぎょうさん居てはります。お見受けしたところ、恵俊どのと新番組頭のおふたりがまさにそれや。新番組頭の大田原某にもきっと天罰が下りまひょ」

蔵人介は、顎をくいっと突きだす。

「もしや、神林どのは宇治から茶壺道中に随行なされたのか」

「へえ、江戸へ下るのは五年ぶりのことです」

すかさず、志乃が横から口を挟んだ。

「神林家と申せば、太閤《たいこう》秀吉さまの御代から宇治随一の茶師として名の知られたお家柄。かの北野《きたの》大茶会にて用いられた茶葉も隠れなき天下の銘茶、神林家の極上茶であったと伝えられております。香四郎どのは神林宗家の惣領《そうりよう》、極上茶の元締めにあられるのですよ」

そうした人物がまたなぜ、志乃のもとを訪れたのであろうか。

「御献上品のお裾分けをね、うふふ。わざわざ、お届けくだすったのじゃ」

志乃はひとかどの茶人であり、茶道を嗜《たしな》む者たちのあいだでは「お師匠さま」と仰がれている。評判は女中奉公の娘たちの口から口へとひろまり、娘に茶の作法を習わせたいと申しでる商家も十指に余るほどあった。しかし、だからといって、天下の銘茶を産する神林家の当主が訪れる理由にはならない。

「大奥さま、では手前はこれにて、失礼させていただきます」

「あら、お構いもできずに申しわけありませんでしたねえ」

「なあに、志乃さまのご尊顔《そんがん》を仰がせてもろた。それだけで充分です」

「ご尊顔だなんて、奈良の大仏さまでもあるまいに」

「うひょひょ、これまた仰るとおり」

神林香四郎は丁寧にお辞儀をし、そそくさと帰っていった。

見送りからもどってきた志乃は、眉間に筋をつくっている。

「明後日、香四郎どのはお城にあがり、公方様にご挨拶なさるそうじゃ」

「ほう。上様の御目見得《おめみえ》にあずかるとは、ただ者ではありませんな。そうした御仁がなんでまた、矢背家を訪れたのでしょう」

「御献上のお茶でも飲みながら、ゆるりと説いて聞かせよう」

志乃は四角い小箱を抱えて奥へ引っこみ、しばらくして淹れたての茶を運んできた。

香りを吸いこんだだけで、蔵人介は幸福な気分にさせられる。

「さ、いただきましょう」

茶碗を取り、ずずっとひとくち啜る。

「おお、これは」

湯気とともに、感嘆の声が洩れた。

「美味しいでしょう」

「はい、これぞまさしく玉露《ぎょくろ》ですな」

志乃は片頬で笑い、茶師が訪れた真の目的を語りはじめた。

「わたくしがお呼び申しあげた」

「へ」

「そもそも、神林家は有栖川宮《ありすがわのみや》にお仕えしてきた由緒ある茶師の家柄。太閤秀吉がごとき成りあがり者に庇護《ひご》されずとも、天下にその名を知らしめたのは必定《ひつじょう》。さりとて、さような経緯《いきさつ》はどうでもよいこと。一時は武家の盛衰《じょうすい》に翻弄《ほんろう》されたとは申せ、けっして断ちきれぬものは血の繋がり」

「矢背家の血縁にあたると」

「驚かれたか、神林家も八瀬童子の末裔なのじゃ」

矢背家は主筋《しゅうすじ》にあたるので、香四郎は志乃の依頼を無下《むげ》に断ることができなかった。

「養母上、して、神林どのを江戸へ呼んだ狙いとは」

「禁裏を探ってもらったのです」

「え、養母上が。どうしてまた」

「お節介《せっかい》を焼きました。御膳に毒を盛られたうえに、亀戸天神ではあのような惨事が起きた。にもかかわらず、蔵人介どのはお見受けしたところ、牛のようにのんびりしておられる。ちと心配になりましてね。ま、そんなことより、肝心なことをおはなしせねばならぬ。禁裏は公方様を亡き者にいたすべく、新たな刺客を放ちましたぞ」

「え」

正体は判然としないものの、茶壺道中の一行に紛れて江戸へはいったらしいと、志乃は公人朝夕人とおなじことを告げた。

「養母上、肝心なことをお訊きせねばなりませぬ。禁裏がなぜ、上様のお命を狙わねばならぬのか」

「さようなこと、わたくしが知るはずもなかろう」

志乃は、あっさりこたえた。

蘭奢待のことまでは知らぬらしい。

いつもどおり、みずからの直感にしたがって動いているのだ。

「わたくしとて、できることなら関わりたくはない。なれど、わが家が公儀鬼役を仰せつかっているかぎり、避けて通ることはできぬ。正直に申せば、矢背家の立場は微妙なのじゃ。蔵人介どのがあくまでも公方様をお守りいたそうとなさるのならば、ご先祖のご遺志に背《そむ》くことにもなりかねぬ」

「養母上、毒味役のできることはかぎられておりますよ」

「それはそうかもしれぬが、つねのように公方様のお近くにあれば、からだを張らねばならぬ場面も出てまいろう」

「はあ」

「あくまでもお役目を全《まっと》うするおつもりなら、養母のわたくしも裏切り者の謗《そし》りを免れぬ」

「大袈裟な」

「大袈裟なはなしではありませぬ」

志乃はいきなり、声を荒らげた。

「よいか、わたくしは天皇家の影法師と称された八瀬童子の末裔じゃ。ご先祖さまは営々と正倉院宝物殿をお守り申しあげてきた。香四郎どのにも質されたのじゃ。

禁裏と幕府とどちらを選ぶのか、この際、はっきりさせたほうがよいとな」

「ちょっとお待ちください」

「お黙り」

ぴしゃりと一喝され、蔵人介は黙った。

「いよいよ、わたくしも覚悟を決めねば。やはり、幕臣として禄を喰んできた以上、公方様を裏切ることはできませぬ」

志乃はひとりで納得し、冷めた宇治茶を啜った。

「今日から禁裏を敵にまわすことにもなりましょう。蔵人介どのにも、幸恵どのにも、覚悟をきめてもらわねばな」

「もとより、覚悟はできております。されど、いかに矢背家が禁裏と関わりの深い家柄であるとは申せ、たかだか二百俵取りの貧乏旗本にござる。まさか、養母上や幸恵にまで刺客の手はおよびますまい」

「やれやれ、どこまで甘いお方なのじゃ。ま、暢気《のんき》なところが美点かもしれぬがな」

志乃は茶碗を膝に置き、にっこり微笑む。

まるで、得体の知れぬ者たちとの対面を心待ちにしているかのようだった。

七

翌十二日夕刻、霧雨。

蔵人介は串部ともども市ヶ谷御門を抜け、番町《ばんちょう》へ踏みこんだ。

新番組頭の大田原権之丞を葬るべく、自邸へむかったのだ。

大田原は十文字槍《じゅうもんじやり》の名手という。

奇《く》しくも、南都の守護者として名高い興福寺の宝蔵院流を修めていた。

そのうえ、笑い仏に術をかけられているとなれば、尋常ならざる相手と考えねばなるまい。

迷路のような町並みのなかで、大田原の自邸はわかりやすい場所にあった。

濠沿いに北へむかい、板倉内膳正《いたくらないぜんのかみ》の上屋敷を越えて右手に曲がる。

うねうねとつづく海鼠塀が途切れたあたりは、蛙原《かえるばら》と呼ばれる寂しい原になっており、大田原邸は端っこの目立たぬところに佇んでいた。

昼と夜が混じりあう逢魔刻《おうまがとき》、霧雨の流れる薄闇の狭間から、一挺の駕籠が近づいてくる。

富裕な旦那衆御用達のあんぽつであった。

番士《ばんし》の組頭あたりが乗るには贅沢な代物だ。

大田原は従前から、恵俊に手懐《てなず》けられた番犬との評判が立っていた。

金まわりもよく、贅沢暮らしに馴れきってしまったのだろう。

「あん、ほう、あん、ほう」

駕籠かきの鳴きが、霧雨と混じりあった。

蔵人介の目からみれば、まだ三十間（約五五メートル）ほど離れている。

突如、あんぽつにむかって、人影がひとつ駆けよせた。

海鼠塀に引っかけられた小便滲みのような、貧相な人影だ。

「殿、先客ですぞ」

「あれは、もしや」

「お知りあいですか」

「首を刎ねられた、おこまの亭主だ」

「なんですと」

「串部、助けてやるがよい」

「は」

串部は雨滴を飛ばし、蛙原を突っきった。

駕籠は地面に下ろされ、大男がのっそりあらわれた。

「おめえ……お、大田原権之丞か」

匕首《あいくち》を握った定吉が、へっぴり腰で怒鳴っている。

大男は鼻をほじくり、面倒臭そうに口を利いた。

「わしが大田原なら、なんとする」

「おこまの仇《かたき》をとってやる」

「おこまだと」

「おめえに首を刎ねられた女じゃ」

「知らぬなあ」

「川崎宿じゃ。知らぬとは言わせぬぞ」

「妊婦か、おもいだしたぞ。おぬしは亭主だな」

「そうじゃわい。嘗めんなよ」

「恵俊を殺めた刺客かとおもいきや、浅はかな虫螻《むしけら》であったか。大田原権之丞を狙うとは見上げた根性よ。その根性に免じて赦《ゆる》してつかわす。命は取らぬゆえ、去《い》ね」

「嫌だ」

「ほほう。されば、田楽刺しにしてくりょう」

大田原は長棒の脇に手を伸ばし、備えつけられた槍を取った。

柄は七尺(約二・一メートル)、鋭い穂先は十字に分かれている。

頭上で槍を旋回させると、駕籠かきどもは酒手《さかて》も取らずに逃げていった。

一方、定吉の得物《えもの》は九寸五分《くすんごぶ》。最初《はな》から相手にならない。

定吉にもわかっている。死ににきたのだ。

蔵人介はそれと察し、胸を締めつけられた。

いつの間にか、串部が定吉の背後に立っている。

駕籠かきは消えたので、布で顔を隠す必要もあるまい。

「定吉とやら、やめておけ」

串部に声を掛けられ、驚いた木具職人は腰を抜かした。

「そこで寝ておれ。わしが代わりに仇をとってやる」

串部の台詞に反応し、大田原の眸子が異様な光を帯びた。

「来よったな。恵俊を殺った刺客か」

「はて、どうかな」

ふたりのやりとりを耳にとどめつつ、蔵人介はゆったり獲物へ近づいた。

二度とおなじ轍《てつ》は踏まぬ。たとい、不動明王の咒が念じられようとも、対処する術《すべ》は心得ている。

「ふん、もうひとりおったか」

大田原は長い舌を出し、分厚い唇を嘗めた。

「ん、その顔、みたことがあるぞ……おぬし、本丸の鬼役ではないか」

「さよう。公儀鬼役、矢背蔵人介じゃ」

「鬼役が裏にまわれば刺客稼業をやっておるとはの。誰に頼まれた」

「誰でもない。おのれの一存さ」

「嘘を吐くな。貧乏旗本にそこまでのお節介は焼けぬ。金で雇われたのであろうが」

蔵人介は嘲笑《あざわら》う。

「くはは。おぬしごときを斬るのに、誰が金を払う」

「そこの腰ぬけ亭主はどうだ」

「金のために斬るのではない」

「されば、何ゆえ」

「笑止な。正義と言うなら、わしは御法度にしたがったまで。妊婦だろうとなんだろうと、茶壺道中の供先を割れば斬らねばならぬ。それが御上の定めた御定法《ごじょうほう》よ。

それこそが正義であろうが」

「ちがうな」

首を横に振ると、大田原は眸子を剝いた。

「どこがちがう」

「御定法は正義にあらず。正義とは、おのれの裡《うち》に秘めたるもの」

「勝手にほざけ」

「大田原権之丞、ひとつ訊きたいことがある」

「なんじゃ」

「おぬしは空洞か」

「空洞、なんのことじゃ」

「知らぬが仏、まいるぞ」

「こい」

大田原は満々たる自信を漲《みなぎ》らせ、太い二の腕で十文字槍をしごいた。

それが墓穴《ぼけつ》を掘ることになるとも知らず、槍で勝負をつける腹づもりのようだ。

得体の知れぬ術を使われるよりは、遥かにやりやすい。

蔵人介は抜刀もせず、無造作に間合いを詰めた。

「おぬし、居合を使うのか」

相手に探られても、蔵人介は動じない。

「懐中へ飛びこめば、こっちに利がある」

「ぬはっ、莫迦め。飛びこめるとでもおもうのか」

長さの差は七尺と二尺五寸、槍と刀とでは技倆に二段のひらきが生じる。

「ただし、こちらはふたり、おぬしはひとり」

「ひとりもふたりもいっしょじゃ」

大田原は頭上で槍を旋回させ、青眼にぴたりと制止させた。

なるほど、一分の隙も見出せない。

槍自慢は伊達ではないらしい。

「きえい……っ」

肥えた腹の底から、気合いがほとばしる。

「それ」

蔵人介の合図を受け、串部が動いた。

同田貫を抜きはなち、這うように肉薄する。

「ふりゃ……っ」

猛然と突きだされた穂先を、串部は横払いに弾いた。

一方、蔵人介は動かない。

動かぬことが、相手に警戒を生じさせた。

そのぶん、繰りだす槍の威力に冴えがない。

串部は低い姿勢から執拗に迫り、穂先を何度も弾いてみせる。

「くそっ、埒があかぬ。いつまで遊びをつづけるつもりじゃ」

大田原は焦れた。

その間隙を狙い、串部は高々と跳躍した。

「ふりゃっ」

「なんの」

地にあった大田原の目線が、天に振りむけられた。

通常ならば、串部は田楽刺しにされているところだが、槍の突きあげに勢いがない。

串部は中空で穂先を弾き、ひらりと地に舞いおりた。

と同時に、蔵人介の艶やかな白刃が閃いた。

――びゅん。

一閃、大田原の脇腹がぱっくりひらく。

「なに」

びゅっと、鮮血が噴きだしてきた。

「ぬぐぉっ」

傷は深い。背骨まで断っている。

肥えた上半身はぐにゃりと曲がり、ちぎれるようにずり落ちていった。

「殿、やりましたな」

串部が声を掛けてくる。

蔵人介は鍔鳴《つばな》りとともに、白刃を鞘におさめた。

が、これで終わりではない。

背筋に怖気立《おぞけだ》つような気配を感じたのだ。

「まだおるぞ」

蛙原には、肉塊《にくかい》と化した大田原のほかに人影はない。

いや、小便滲みのごとき人影が、ゆらりと立ちあがった。

「定吉か。いかがした」

蔵人介が問い掛けると、木具職人は壊れたように笑いだした。

「くけけけ」

気色の悪い笑い顔は、亀戸天神で目にした新鳥蘇《しんとりそ》の舞楽面にそっくりだ。

「気でも触れたか、定吉。しっかりいたせ」

「うひひ、おぬしが矢背家の養子か」

「なに」

「矢背蔵人介、鼠のごとく素早いな」

人相ばかりか、声まで変わっている。

「定吉、御霊移しの術を掛けられたのか」

「莫迦め、今ごろ気づいたな」

御霊移しとは、イタコの口寄せのごときもの。ただし、憑依《ひようい》するのは霊ではなく、仏の名を借りた邪悪な者の意志であった。

「くけけ、定吉の心は空じゃ。笑い仏の意のままさ」

「笑い仏とやらは、どこにおる」

「ここにはおらぬわ」

蔵人介は定吉の目を睨みつけた。

「弱き者の口を借りて、何が言いたい」

「明日、城中にて公方を誅《ちゅう》さんとす。それを告げておこう」

「ふん、たいした自信だな」

「やると決めれば容易い役目よ。あまりに容易いので、ちと遊んでやりたくなってな」

「ひとつ教えてほしい。大田原におこまを斬らせたのは誰の意志だ。恵俊か、それとも、おぬしか」

「はてさて、どちらとも言えぬのう。空洞には空洞の意志もあろう」

「定吉の術を解く手管《てくだ》は」

「斬るべし。それ以外に助かる道はない。定吉も斬られることをのぞんでおる。早う女房のもとへ逝きたいのだとよ」

喋っているのは、あくまでも定吉なのだ。さきほどから、本人が他人の意志に操られて喋っている。珍妙な光景だった。

笑い仏の言うとおり、定吉を斬る以外に術を解く手はないのかもしれぬ。

「殿、いかがなされます」

と、串部が唇を突きだす。

蔵人介はこたえず、黙然と国次《くにつぐ》を抜いた。

右八相《はっそう》に構えて一歩踏みこみ、呆然と佇む定吉に斬りかかる。

ぶんと、刃風が唸った。

斬ったのか。

いや、そうではなかった。

峰に返した刀で、首筋を打ったにすぎない。

定吉は白目を剝き、棒のように倒れていく。

「殿、生かしましたな」

「笑い仏とやらを斬れば、術が解けるかもしれぬ」

蔵人介は苦い顔で吐きすて、国次を鞘におさめた。

八

江戸城においては、朔日《ついたち》、十五日、二十八日の三日間が毎月の祝日と定められ、公方の膳には平目か鯛の尾頭付きが一品付く。能狂言などの芸能事が催されることもあり、本日は八ツ刻から大広間前の表舞台にて舞楽が披露されることとなった。

「ふほほ、矢背どの。われら鬼役も拝観の誉れにあずかろうとはのう。これも役得と申すものでござろうか」

さも嬉しそうに喋るのは、今江刑部の代わりに小普請から役付きとなった新参者《しんざん》だ。

三十そこそこの男で、名は桜木兵庫《さくらぎひょうご》という。

年のわりには豚のように肥え、正座しているだけで顔に汗を搔いている。

鬼役はたいてい痩せているので、からだつきだけでみると不向きな人材におもわれた。

しかも、よく喋る。蠅《はえ》のように鬱陶しい。

ふたりは平常《ふだん》どおり、笹之間にて毒味御用をおこなっていた。

昼餉の毒味も終わったころ、若年寄付きの同朋衆があらわれ、大広間縁頰へ参上するように命じられた。

「これは珍しいことでござるぞ。しかも、座すところは縁頰下の階段脇、表舞台よりわずか三十間足らずのところじゃ」

この配慮が橘右近から発せられた内々の指図であることを、蔵人介は看破《かんぱ》していた。

すでに、笑い仏の伝言を橘に伝えてあったからだ。

家斉の命を狙うとなれば、舞楽の演じられている最中がもっともやりやすかろう。

このたびは影武者を使えぬこともあり、万全を期すべく、蔵人介にも警固《けいご》の命がく

だったのだ。

桜木は事情も知らず、無邪気に喜んでいる。

「拙者はちと舞楽にうるそうござってな」

「ほう」

「演目は蘭陵王《らんりようおう》に納曾利《なそり》と聞いております。それから、胡徳楽《ことくらく》も披露されるとか。

ご存じのとおり、蘭陵王とは北斉《ほくせい》の武将高長恭《こうちようきよう》のこと。敵から侮られぬため、優

しい顔を龍の面で隠しつつ、孤軍奮闘してみせた。若き王の活躍ぶりを激しく華麗

に舞うのでござる」

蔵人介も粗筋《あらすじ》は知っていたが、面倒臭いので適当に相槌を打った。

「納曾利もご存じでしょうな。二匹の龍が戯れる光景を二人舞いでみせてくれまし

よう。されども、拙者が観たいのは胡徳楽にござる。これが抱腹絶倒《ほうふくぜつとう》の演《だ》し物《もの》でし

てな、宴に招かれた四人の客が酩酊《めいてい》いたします。いずれも、長い鼻がぷらぷら動く赤い面を付けておりましてな、遍鼻《へんぴ》とは妙な鼻というほどの意味でござろう。酒を勧めるはずの従者が盗み酒をしておるうちに、みずからも酩酊してしまうのでござる。うはは、そこいらあたりの滑稽な舞いがみどころのひとつでござろうな」

肥えた新参者が粗筋を喋り終えたころ、表向にまかりこすようにとの指図があった。

長い廊下をたどって大広間へむかうと、何やら空模様が怪しくなってくる。

雨が降ったら濡れるにまかせるしかないが、桜木はいっこうに気にする素振りもみせない。

大広間の白洲には薄縁が敷かれ、警固役の小十人組が大勢詰めていた。

表舞台には小松の植わった青竹の囲いがなされ、すでに囃子方《はやしかた》は舞台奥に着座し、静かに家斉の御成を待っている。

表舞台と大広間は銅瓦《どうがわら》で葺《ふ》いた庇《ひさし》によって繋がれ、地面には甃《いしだたみ》が敷きつめられてあった。

蔵人介と桜木は、表舞台にむかって右方の階段脇に導かれていった。

背後は上段之間、板縁の左右には若年寄が対座する恰好で座り、家斉は金箔に松や鶴の描かれた壁を背にして座る。

目見得の際は北面を背にして座るが、芸能を楽しむ際は東面を背にすることとなる。着座の位置も板縁に近く、刺客にとっては狙いやすかろう。観劇の途中で茶菓子が供されるはずだが、毒味は交替の鬼役がやってくれる手筈になっていた。

あれこれ考えているあいだに、ときは刻々と過ぎ、笙《しょう》の音色が緩やかに響きはじめた。

ぽつり、ぽつりと、冷たいものが落ちてくる。

月代は濡れ、羽織の肩も濡れた。

「上様の御成」

小姓の疳高い合図につづき、襖の開く音と衣擦《きぬず》れが聞こえてくる。

一同は平蜘蛛のように平伏してみせた。

蔵人介は振りむくことができず、背中の様子が気になった。

無論、家斉の側には小姓たちが控えている。公人朝夕人の土田伝右衛門は溜之間に控え、格子むこうから異変を委細《いさい》洩らさずに監視していることだろう。

そして、正面には鬼役の自分が防波堤となって控えている。

得体の知れぬ相手とはいえ、容易なことで凶刃《きょうじん》はむけられまい。

笙と篳篥《ひちりき》による荘厳な調べに導かれ、表舞台に舞い手が登場した。

金青色の龍面をつけたふたりが、蟷螂《かまきり》のごとき袖を振って舞いはじめる。

納曾利であった。

双龍は銀の桴《ばち》をかさねあわせ、床にひざまずくかとおもいきや、天にむかって祈りを捧げるような仕種を繰りかえす。

舞いにどのような意味があるのか、蔵人介にはわからない。

ただ、惹きこまれ、食い入るように拝観するうちに、つぎの演目となった。

若き蘭陵王が雄々しく舞うものと予想したところが、賑やかな調べに合わせて、舞い手がつぎつぎと登場してくる。

胡徳楽だ。

唐冠《とうかんむり》に雑面《ぞうめん》、帛《きぬ》装束《しようぞく》に笏《しやく》を手にした主人が、腫面《はれめん》をつけた従者の瓶子取《へいじとり》に指図し、四人の客に酒を注がせる。

なるほど、客は主賓《しゆひん》をのぞいて赤い面をつけ、舞うたびに長い鼻が左右にぷらぷら動いた。瓶子取は左手に盃、右手に瓶子をもち、客に酌をしながら隙をみては盗み酒に余念がない。その様子がじつに可笑《おか》しく、瓶子取が千鳥足で降台する段になると、客席にどっと笑いが起こった。

蔵人介も笑ってしまったところへ、ごろっと雷鳴が轟《とどろ》いた。

天を仰げばどす黒い群雲がわだかまり、龍のように渦を巻きはじめている。

雨脚は目にみえるほど強まった。

が、笑いはいっこうに消えない。

おもわず、蔵人介は隣の桜木をみた。

「ぬは、ふははは」

太鼓腹を抱えて笑っている。

もはや、舞台上に舞い手はいない。囃子方もおらず、風雅な音色も聞こえてこない。にもかかわらず、警固の侍たちはあたかも胡徳楽を観賞しているかのごとく、笑いころげている。

「どうしたのだ」

蔵人介は振りむいた。

ふたりの若年寄は板縁にひっくりかえり、高鼾《たかいびき》を掻いている。

家斉も小姓たちも目を瞑《つぶ》り、畳のうえに横たわっていた。

まるで、蚊《か》遣りの煙に燻《いぶ》されて落ちた蚊のようだ。

「うぬ、妖術使いめが」

蔵人介は表舞台を睨んだ。

いつの間にか、そこに蘭陵王が立っていた。

毅然《きぜん》として天を仰ぎ、幅広の剣を掲げてみせる。

「鬼役どの、心して掛かれい」

背中に、公人朝夕人の声が飛んだ。

術を免れたのは、どうやら、ふたりだけらしい。

家斉はじめ大広間にある者たちは眠りこけ、白洲の連中は雨に打たれながら阿呆のように笑いつづけている。摩訶《まか》不思議な光景だった。

いまや、天は黒雲に覆われている。

稲光が閃き、どどんと雷鳴が轟いた。

突如、鉦鼓《しょうこ》が鳴った。

楽太鼓《がくだいこ》が叩かれ、神楽笛《かぐらぶえ》やら龍笛《りゅうてき》やら鼓の音がかさなった。

またもや稲光が閃き、剛毅《ごうき》な剣を蒼白く浮きたたせた。

蘭陵王は雷鳴を伴奏となし、稲光の閃く舞台で乱舞する。

そして、とんと床を蹴りあげたかとおもいきや、怪鳥《けちょう》のごとく羽ばたいた。

音の洪水に押しだされるがごとく、甃を猛然と駆けぬけてくる。

「来い」

蔵人介は羽織を脱ぎすて、階段を背にして身構えた。

大刀は抜かぬ。抜き際の一撃で仕留めねばならぬ。

一気に間合いが詰まった。

「へや……っ」

蘭陵王は気合いとももども、二間余りも跳躍した。

「逃すか」

蔵人介は小刀を抜き、天にむかって投擲《とうてき》する。

きいんと金属音が響き、小刀は弾かれた。

が、このとき、蔵人介も宙へ飛んでいた。

「とあ……っ」

国次を鞘走《さやばし》らせる。

下段から斜に薙ぎあげ、落下してくる蘭陵王の面を斬った。

「くわっ」

空怖ろしい面が顎からふたつに割れ、ふたりはほぼ同時に白洲へ舞いおりた。

見知った顔の男が、面前に蹲っている。

「宇治の茶師か」

神林香四郎であった。

「ふふ、凄腕じゃな。さすがは志乃どのが養子に決めただけのことはある」

「なぜ、おぬしが」

「神林家こそが天皇家の影法師」

香四郎は岩船寺にて修行を積み、笑い仏の異名をとるまでの術者になったという。

「養母上は知っておるのか」

「知らぬであろう。されど、志乃どのにはご忠告申しあげたはず。公方を守ろうといたせば、誰であろうと容赦はせぬと」

香四郎は顎に掠り傷を負っており、左手の甲で血を拭ってみせた。

「鬼役を斬り、公方を誅《ちゅう》す。そして、志乃どのにも死んでもらう」

「おぬしはしくじった。わしにおなじ術は通用せぬ」

「わかっておるわ。剣で始末をつけてやる。ふえい……っ」

ぐんと剣の切っ先が伸び、蔵人介の鬢《びん》を削った。

「甘いわ」

返しの一撃は水平斬り。

香四郎は腹を浅く裂かれたものの、独楽のように回転しながら二の太刀を避けた。

避けたかにみえたが、蔵人介の動きは捷い。

蛇のように迫り、一閃、香四郎の籠手《こて》を断った。

「うげっ」

剣を握った右手が、ぼそっと地に落ちた。

雨が斜めに降りかかり、真っ赤な血を洗いながしてしまう。

「死ぬがよい」

とどめの一撃を見舞わんと、蔵人介は突きかかった。

香四郎は身を反って躱し、こちらに背をみせるや、脱兎《だっと》のごとく駆けだした。

風よりも捷く駆けぬけ、揚羽蝶《あげはちょう》のように、表舞台へふわりと舞いあがる。

斬られた右手を胸に抱え、首だけをねじって不敵に笑った。

「くけけ、おぬしのせいで印が結べぬようになった。されどな、わしなぞ南都の刺客からみれば小童《こわっぱ》にすぎぬ。矢背蔵人介、もはや、おぬしは針の筵《むしろ》に座ったも同然よ」

捨て台詞《ぜりふ》を吐き、香四郎は舞台の袖に消えた。

「鼠を逃しましたな」

土田伝右衛門が背後で、抑揚もなく言いはなった。

この男はさきほどから、眠りこけた家斉の身を庇っていたのだ。

「鬼役どの、縁頬下にお控えなされ」

言うとおりにした直後、蘭陵王の術が解けた。

小十人組の連中はあたりをきょろきょろ眺めまわし、板縁の若年寄は何事もなかったかのように襟元を直す。

かたわらの桜木兵庫は舞台の袖を食いいるようにみつめ、舞い手をさがしていた。

「大儀《たいぎ》」

家斉の声が、びんと響いた。

いつのまにか雨はあがり、表舞台に一条の光が射しかけてくる。

香四郎の手首と剣は公人朝夕人によって始末され、鬼役と刺客が剣の舞いを演じた痕跡など、何ひとつのこされていなかった。

九

翌日は久方ぶりに晴れた。

澄みわたる青空を、つがいの燕が横切っていく。

縁側の陽だまりに座っていると、夏の匂いがただよってきた。

今朝方、観音の辰造がひょっこり顔を出した。

身柄を預かってもらっていた定吉は、正気にもどったという。

ただ、正気にもどったことがよかったのかどうか。

本人は死ねなかったことを悔やんでいるらしい。

死にたいときに死ぬことができれば、これほど幸運なことはなかろう。だが、人はそれほど簡単に死ねるものではない。遺された者はしっかりと生きぬき、さきに逝った者の供養をしなければならぬ。

供養をする者がいなくなれば、おこまもきっと悲しむにちがいない。

辰造にはそう告げさせたが、しばらくは定吉のことを見守ってやらねばなるまい。

蔵人介は昨日から、ずっと迷いつづけている。

香四郎のことを志乃に言おうか言うまいか、きちんと経緯を告げて警戒を促すべきであろうが、余計な心配を掛けたくないという気持ちもある。

何回目かの溜息を吐いたとき、表口に訪ねてくる者があった。

幸恵がめずらしくも、急《せ》いた様子で廊下を渡ってきた。

「あの、お大名家の御家老さまがおみえになられました」

「へ」

蔵人介は素《す》っ頓狂《とんきょう》な声をあげた。

大名家に知りあいなど、ひとりもいない。

「幸恵、何かのまちがいではないのか。お隣さんとまちがえたとか」

「御膳奉行の矢背蔵人介さまはご在宅でしょうかと、はっきり仰せになられましたよ」

「ともかく、客間にお通しせよ」

「もう、お通しいたしました。早くお着替えを」

「お客人のお相手は」

「義母上が宇治茶でお茶を濁しておくと仰せに」

「養母上らしからぬ駄洒落《だじゃれ》じゃな」

蔵人介は部屋を移し、幸恵に手伝わせて正装に着替えた。

いざ、客間へ出向くと、廊下にまで笑い声が響いてくる。

蔵人介が顔を出した途端、ぱたりと笑いが止み、白髪の家老がお辞儀をしてみせた。

背後に控えているのは、横幅のある力士のような供人ひとりだ。

蔵人介は下座へ躙《にじ》りより、家老とおなじように両手を畳についた。

「困ります。御家老さま、お手をおあげくだされ」

「いいえ、こうでもせねば気が済みませぬ。矢背どのはわが殿の体面を保っていただいた大事なお方。じつは、わが殿直々にお礼にまいりたいと仰せられ、なだめるのにひと苦労いたしました」

「お待ちくだされ。まだ貴藩の御名を伺っておりませぬ」

「これはこれは。うほほ、そそっかしいやら、恥ずかしいやら。拙者は常陸下妻藩が江戸家老、四方山右京左衛門《よもやまうきようざえもん》と申す者、やたら姓名が長いので、なかなか他人さまにおぼえてもらえませぬ。うほ、口上もやたら長いので、先さまが居眠りしてしまうこともたびたび……というような与太話で、さきほど、大奥さまと盛りあがっておりました。まこと、大奥さまは気さくなお方であられる。うっかり、逝った妻をおもいだしましてな。あ、いや、これは失礼をば。大奥さまを死人《しびと》といっしょにするつもりなど毛頭《もうとう》ござらぬゆえ、ご容赦、ご容赦」

四方山は入れ歯をかたかた鳴らしながら、息継ぐ暇もなく喋りつづける。

その喋り口調がおもしろいのか、志乃はまた笑いだした。

「おっとうっかり、忘れるところでござった。これに控えるは御手廻物頭《おてまわりものがしら》の鎧《よろい》戸典膳《どてんぜん》と申します。この者はわが藩の至宝《しほう》とも申すべき剣の達人、流派は甲源一刀《こうげんいっとう》流にして、藩内では八《や》つ胴《どう》斬りの典膳なぞと呼ばれてござる」

「ほほう」

「聞けば、この典膳、こちらに身を寄せておられる望月宗次郎どのとは剣術道場にて同門の誼《よしみ》とか。これも何かの縁《えにし》でござろう。今後ともお困りのことがあれば、この典膳を寄こしましょう。かならずや、お役に立つはずでござる」

「それはどうも」

下妻藩と聞いて、蔵人介は竹阿弥を厠へ抛りこんだ一件をおもいだした。あれしきのことで大名家の家老ともあろう者が、貧乏旗本の自邸までわざわざ足を運ぶのだろうか。

「竹阿弥なる不逞坊主を厠へ放っていただいたはなし。のちに、わが殿はお耳になされ、いたく感激なされましてな。じつは、お礼の品を預かってまいりました」

鎧戸なる警固役が、さっと三方《さんぽう》を差しだしてくる。

三方は紫の袱紗で覆われ、もっこり盛りあがっていた。

小判であろうか。

「困ります。拙者はそんなつもりで」

「あ、いや、どうかご遠慮なさらずに。矢背どのが賄賂《まいない》を受けとらぬ清廉の士であることは重々承知しております。賄賂町と呼ばれるこの御納戸町で、鯉幟のごとく袖を広げておらぬのは、矢背どののくらいのものであろうともっぱらの評判。したがって、これは黄金の餅ではありませぬゆえ、どうか、気やすくお納めくだされ」

「黄金の餅ではない。されば、なんでしょうか」

少しがっかりしながら質すと、四方山は干涸びた顎を突きだした。

「拙者が袱紗をお取りしましょうかの」

「お願いいたします」

四方山は膝で躙りより、袱紗を素早く取ってみせるや、にっと入れ歯を剝いた。

「正真正銘の餅でござる。わが殿の幼名は力三郎《りきさぶろう》と申しましてな、それならば、お礼は力餅《ちからもち》がよいのではと、不肖《ふしょう》、この四方山右京左衛門がご進言申しあげたまで。さらに餅のみならず、それに目録《もくろく》がござります。そちらはお楽しみですぞ。ふふ、開いてみなされ」

蔵人介は言われたとおり、目録を開いてみた。

旬の公魚《わかさぎ》十年ぶん、とある。

「鬼役どの。十年ぶんとは、むこう十年のあいだは毎年欠かさずお運びいたすという意味にござる。ふふ、ご遠慮なされますな。霞ヶ浦産の御献上品ですぞ」

横合いから、志乃が口を挟んだ。

「蔵人介どの、ありがたく頂戴しなされ」

「養母上」

「せっかくの御厚情じゃ。お断り申しあげたら、礼を失することになりましょうぞ」

「はあ」

志乃に毅然とした態度で命じられ、蔵人介は三方を押しいただいた。

それにしても、いまだ横顔に幼さの残る殿さまが、これほどまでに恩を感じているとはおもいもよらなかった。

蔵人介は少しばかり、晴れがましい気分になった。

不空羂索《ふくうけんじやく》

一

暦が夏至《げし》を過ぎてから、宵の一刻がやたらに短く感じられる。

廓遊びなどする気はさらさらないが、吉原の清掻《すががき》を聞けば、誰であろうと気持ちが浮きたってくる。

大門をくぐったさきは南北百三十五間（約二四五メートル）におよぶ仲之町《なかのちよう》、大路の中央には花菖蒲《はなしようぶ》がびっしり植えられ、縁台に座る遊女の裾模様にも紫の花が目立つ。右手は江戸町《えどちよう》一丁目、揚屋町《あげやまち》、京町《きようまち》一丁目、左手は伏見町《ふしみちよう》、江戸町二丁目、角町《すみちよう》、京町二丁目とつづく五丁町《ごちようまち》を眺めれば、ずらりと並んだ引手《ひきて》茶屋の軒先に花暖簾《はなのれん》と提灯が点々と連なり、総籬《そうまがき》は艶やかな紅殻格子《ベンガラごうし》に彩られていた。

格子内では張見世の遊女たちが朱羅宇《しゅラウ》の煙管を燻らせている。手練手管《てれんてくだ》を駆使して男を誘う遊女の数は、禿《かむろ》も入れて二千人を超えるというからすごい。

ごく稀にではあったが、男と真剣に情を交わす花魁もいる。

吉原随一との誉れも高い夕霧《ゆうぎり》が、厄介者の宗次郎に惚れた。

相思相愛のふたりにとって、夏至の夜はあまりに短すぎる。

「みじかよとは、よく言うたものですな」

串部六郎太は、灯ったばかりの辻行灯《つじあんどん》に目をむけた。

引四《ひけよ》ツ（午前零時）までは二刻（四時間）余り、丑《うし》の大引《おおびけ》はずっとさきだが、褥《しとね》をともにする男女にとって空が白みはじめるのはあっというまだろう。

明《あ》け鴉《がらす》が鳴くころには、後朝《きぬぎぬ》の別れがやってくる。

「別れがあればこそ、恋とは燃えるもの」

蔵人介の口から、らしからぬ台詞が漏れた。

「さすがは殿、仰ることに含蓄《がんちく》がおありだ」

串部によれば、宗次郎はいつも朝酒を所望《しょもう》し、仲之町の茶屋で朝粥を食べてから、夕霧と大門で別れるらしい。それひとつとっても格別に親密な証拠。たいていの客は格子かぎりの見送りと決まっている。

「空が白々と明け初《そ》めれば、化粧《けわい》の剝《は》げた敵娼《あいかた》の顔をみるのさえ鬱陶《うっとう》しくなるもの。ところが、始末に負えぬのが男という生き物。日暮れになればまたもや、むらむらしてくるのでござる」

「むらむらか、もう何年もそうした気分を味わっておらぬな」

「何を仰せになる。枯れてしまうのはお早いでしょうに」

「独り身のおぬしが羨ましい。そういえば、芳町《よしちょう》にある一膳飯屋の女将」

「おふくがどうかしましたか」

「かつて、吉原で妍《けん》を競った花魁だったとか」

　身請けしてくれた商家の旦那が抜け荷に関わって闕所《けっしょ》となり、旦那に捨てられた後は裸一貫からはじめて細腕一本で一膳飯屋を繁盛させた。

　しっかり者の女将だが、色気のほうもたっぷりある。

「串部よ。おぬし、おふくに惚れておるのであろう」

「何を仰いますやら。拙者のことなぞどうでもよろしい」

「ふふ、むらむらきよったな」

「殿、おやめくだされ」

ふたりは仲之町の喧噪を避け、表通りのみえる四ツ辻の陰に身を隠した。

今日という今日は、首に縄を付けてでも宗次郎を連れてかえらねばならぬ。

厄介者の居候は花魁の心を射止め、江戸町にある松葉屋《まつば》に入りびたっていた。たった一度で五十両もする揚げ代《あだい》はすべて只。夕霧に身銭を切らせ、それだけならまだしも、夕霧は宗次郎にかまけているせいで、馴染みのお大尽《だいじん》を何人か失ってしまった。

妓楼《ぎろう》にも迷惑を掛け、ついに楼主から泣きが入ったために、蔵人介は重い腰をあげざるを得なかったのだ。

「廓通いも今夜かぎりだ」

きっぱりと断言しつつも、蔵人介には少し遠慮がある。本人は自分のことを捨て子だとおもっているようだが、宗次郎は徳川家の血を受けついでいた。女好きは祖父の家斉に似て、大酒呑みなところは父である家慶の血をひいているのだ。

素姓が素姓だけに家から追いだすこともできず、叱りつけることもろくにできない。外見は歌舞伎役者にしてもよいほどの優男《やさおとこ》。剣術の心得もあり、甲源一刀流の遣い手である。世の中を嘗めきったふてぶてしい態度のなかに、色気のようなものまで同居しており、危うさや儚《はかな》さを感じさせるゆえか、志乃や幸恵でさえも母性本能を操《くすぐ》られているようだ。

夕霧が惚れてしまうのも、なんとなくわかるような気がする。ともあれ、政争に巻きこまれて亡くなった望月左門から「身の立つようにしてやってほしい」と託されて以来、蔵人介は親代わりの心持ちになっていた。

「殿や大奥さまが甘やかしなさるゆえ、図に乗るのでござります。そもそも、侍の悪所通いは禁じられておるのに、宗次郎どのは意に介そうともなさらぬ。放っておけば、請人《うけにん》を押しつけられた殿のほうにご迷惑が掛かりましょう」

串部の愚痴は終わりそうにない。

やがて、仲之町のほうが騒がしくなった。

「殿、あれにめずらしいものが」

「ん」

「花魁道中でござる」

「ほほう」

「一見の価値あり。まいりましょう」

「よし」

吉原の花魁道中は、灯《ひ》ともしごろよりはじまる。

仲之町通りの左右には、すでに人垣ができていた。

「よっ、日本《ひのもと》一」

合いの手なども聞こえてくるなか、箱提灯を提げた若い者に導かれ、対の禿や新《しん》造《ぞう》たちが華やかに登場してきた。そして、目も醒めるような厚化粧をほどこした花魁が、六寸（約一八センチ）の高下駄を引きずりながら練り歩いてくる。

身に纏うのは芍薬《しやくやく》を描いた錦繍《きんしゆう》の打掛《うちかけ》、繻子帯《しゆすおび》を胸前でおおきく結び、立兵庫《たてひようご》に結った艶やかな黒髪には鼈甲《べつこう》の櫛笄《くしこうがい》を満艦飾《まんかんしよく》に挿《さ》していた。まさしく、絢爛《けんらん》豪華と呼ぶにふさわしい。

蔵人介は息を呑みつつも、花魁の歩みに注目した。

「外八文字《そとはちもんじ》ではなく、内《うち》八文字とはめずらしい」

「お気づきですな。内八文字は島原《しまばら》歩き。あの花魁、京女《きようおんな》だそうで」

「知っておるのか」

「それはもう、いまや夕霧を脅かすほどの威勢とか。源氏名は佐保川《さほがわ》と申しましてな、江戸町一丁目は扇《おうぎ》屋の御職《おしよく》にございます」

「佐保川か」

名とすがたが一致し、南部の優雅な香りがただよってくる。

「殿、大きい声では申せませぬが、おしとねすべりとの噂もござる」

「おしとねすべり、御殿女中か」

「拙者は信じませぬ。だいいち、御伽役《おとぎ》の御女中があの若さで苦界《くがい》に身を沈めるとは考えにくい。それにしても、羨ましいかぎりですな。今どきああした花魁道中をさせられるだけの財力があるとは」

「お大尽の素姓は」

「泉州《せんしゅう》屋寿右衛門《じゅえもん》とか申す両替商だとか」

「両替商」

「金貸しでござる。詳しくは存じませぬが、米相場であぶく銭を儲けた上方《かみがた》の商人と聞きました」

「ふうん」

花魁道中は終わった。

「串部、何やら気が滅入《めい》ってきた。やはり、今宵はわしが行かねばならぬのか」

「何をいまさら、尻込みなさるので」

「ちと訊いてみただけさ」

蔵人介は、妓楼のなんとも言えぬ淫靡《いんび》な空気が嫌いなのだ。

「拙者では埒《らち》があかぬゆえ、殿にご出馬願ったのでござる。宗次郎どのはああみえて、殿には頭のあがらぬところがござります。ここはひとつ、びしっとお決めいただきたい」

「詮方あるまい」

「では、まいりますか」

串部に導かれ、蔵人介は大籬の暖簾をくぐった。

侍は玄関口で妓夫《ぎゆう》に大小を預けなければならない。

敷居を越えて内証《ないしょう》を覗く。

楼主の山三郎《やまさぶろう》が撫牛《なでうし》のように寝そべり、小女《こおんな》に肩を揉ませていた。

若い者を介して用件を伝えると、さっそく、ふたりは二階座敷の奥まった八畳間へ通された。

夕霧の部屋だ。

「御免、はいるぞ」

襖を開けて踏みこんだ刹那、ぴしゃっと小気味良い音が響いた。

床の間を背にした宗次郎が頬を押さえ、かたわらに立つ夕霧は般若の形相《ぎょうそう》で睨みつけている。

情況はあきらかだ。

「とんだところに踏みこんだらしい」

宗次郎は蔵人介に気づき、借りてきた猫のように俯いてみせる。

夕霧は凄艶に微笑んだかとおもいきや、裾を端折《はしょ》って啖呵《たんか》を切った。

「吉原一の花魁をようも虚仮《こけ》にしてくれた。わっちという情婦《おんな》がありながら、佐保川に心移ししやしゃんすたあ、ふん、莫迦らし。顔も見とうない。とっとと去《い》んでおくれ」

意気地と張りで生きる花魁だけあって、うっとり見惚れてしまうほどの色気、凜々《りり》しさだ。

夕霧は衣擦れも激しく部屋から消え、宗次郎は眼差しを宙に浮かせながら途方に暮れる。

蔵人介は夕霧を見送って襖を閉め、頭ごなしに怒鳴りつけてやった。

「おい、佐保川に浮気心を抱いたとは、まことなのか」

「まことなら、いかがいたします」

「二度と大門をくぐらせまい。もっとも、夕霧がそういたすであろうがな」

「されば、佐保川と駆け落ちでもしますか」

「戯れ言を抜かしおって。それほどまでに、惚れたのか」

「喋ったこともありませんよ」

「なに」

「でも、惚れました。あの流し目に惚れたと口を滑らせたところ、夕霧にぴしゃりとやられましてな。ほら、このとおり、手形が赤くのこっておるでしょう」

「どれ」

蔵人介は大股で歩みより、赤く腫《は》れた頰を力任せに叩いてやった。

「ぶへっ」

宗次郎は後方へ吹っ飛び、鼻血を垂らした。

「何をする」

「小僧、武士らしくしゃんとせい」

「武士らしくだと。まっぴら御免だね」

「なんだと」

「なんなら出ていきますよ。ちょうど潮時だとおもっていたところだ」

「潮時」

「ええ、そうですよ。他人の家に厄介になっておると、正直、肩がこります」

「こやつめ」

「叩きますか、どうぞ」

さきほどと反対側の頬を差しだされ、蔵人介は鼻白《はなじろ》んだ。

「家を出てどうする」

「金持ち女の情夫《いろ》にでもなりますか。路傍で野垂れ死んでも構いませんしね」

「食えぬ男よ。のう、串部」

串部は黙って息を吞み、事の成りゆきを見守っている。

険悪な空気が流れだしたとき、背後の襖が開いた。

幇間《ほうかん》らしき男が、血相を変えて転がりこんでくる。

「粂三《くめぞう》か、どうした」

宗次郎に質され、顔馴染みの幇間は泣き顔になった。

「か、厠で首を……鮭になった御仁がおられます」

「まさか」

「ご心配なく、花魁ではござんせん。ござんせんが、梁《はり》にぶらさがった鮭をみつけたのは花魁でして」

「夕霧はどうしておる」

「気を失っておられます」

ともかくも、生きている。

蔵人介も胸を撫でおろした。

気づいてみれば、妓楼じゅうが大騒ぎになっている。

厠で首を縊《くく》ったとおもわれるのは夕霧も馴染みにしている遊客で、伊勢屋徳兵衛《いせやとくべえ》なる札差《ふださし》だった。

二

金はあっても、情は欠片《かけら》もない。

伊勢屋徳兵衛は札差のなかの札差。他人さまに恨みは買っても、自分から首を縊るような男ではない。きっと誰かに殺められ、首を縊ったようにみせかけられたのだろうよと、廓の連中は噂した。

米相場で大儲けしたばかりとの噂もあり、そうであればなおさら首を縊る理由はないのだが、じつはそうではなく、馴染みにしている花魁から袖にされた腹いせに死んでやったのだと、やっかみ半分に囁く遊女もあった。

惚れられた花魁とは夕霧のことだ。

伊勢屋とのあいだには、身請け話も持ちあがっていた。

そうなれば、当然、宗次郎も関わってくる。

噂が事実とすれば、楼主も黙ってはいられまい。

ただし、たしかめようはなかった。

夕霧は首吊り死体を目にした晩から寝込んでしまい、宗次郎は吉原からも御納戸町の屋敷からも消えた。

「いったい、何処へ行ってしまわれたのじゃ」

志乃はえらく心配し、下男の吾助に命じて方々を捜させてはいるものの、丸三日経っても手懸かりはない。放っておけば、そのうち腹を空かして帰ってくると気楽に構えていた蔵人介も、心配で眠れなくなり、串部や義弟の綾辻市之進にまで捜索を頼んだ。

ふたりは足を棒にして、江戸じゅうを歩きまわっている。

そうしたおり、気になる噂を耳にした。

花魁道中で見掛けた佐保川が四郎兵衛《しろべえ》会所《かいしょ》の目を盗み、夜陰にまぎれて足抜《あしぬき》をやってのけた。会所に雇われた強面《こわもて》の連中が四方八方に散り、草の根を分けてでも捜しだすべく必死になっているというのだ。

佐保川は捕まれば散々に痛めつけられ、みせしめのために羅生門《らしようもん》河岸の吹きだまりへ堕《お》とされる。もし、いっしょに逃げた情夫がいれば、こちらは右目を潰されたうえに右腕を斬り落とされ、大門の外へ放りだされる。

それが、足抜をやらかした男女に科される厳しい掟なのだ。

「ひょっとしたら、宗次郎が」

佐保川を奪って逃げたのかもしれぬ、という一抹の不安が過《よ》ぎった。

それくらいの無謀は平気でやってのける男だ。なにせ、世の中を嘗めきっている。常日ごろから旧いしきたりや決まり事を毛嫌いしており、そうしたものをぶちこわそうと狙っている節もある。

宗次郎の捨て鉢な行動に巻きこまれたとしたら、佐保川があまりにも可哀想だ。不運としか言いようはない。まんがいち、ふたりして会所の連中に捕まったときは、吉原の顔役に宗次郎の素姓を明かすしかあるまいと、蔵人介は肚《はら》を括っていた。

さらに二日経っても、宗次郎と佐保川の行方は杳《よう》として知れなかった。

蔵人介は淡々と毒味御用を済ませ、夕刻、重い足取りで家路についた。

自邸へもどる気にもなれず、柳橋に足を延ばして猪牙舟《ちよきぶね》を拾い、大川《おおかわ》を遡上《そじよう》して山谷《さんや》堀の船着場まで奔《はし》らせた。土手八丁を四《よ》つ手《で》駕籠で飛ばし、見返り柳の手前で左に曲がって衣紋《えもん》坂を駆けおりる。吉原大門へたどりつくころには、日もとっぷり暮れていた。

蔵人介は駕籠かきに酒手を払って大門を抜け、脇目も振らずに江戸町の松葉屋へむかった。

「夕霧の見舞いにまいった」

楼主の山三郎に用件を告げると、格別のはからいで逢わせてもらえることになった。

夕霧は勝手場に近い蒲団部屋に寝かされていたが、ようやく床を上げ、客もとりはじめたらしい。だが、心労は簡単に癒えず、厚化粧のうえからでも窶《やつ》れた様子はわかった。

「わざわざおいでなんしていただき、ほんに申しわけありんせん」

「客ではない。廓ことばをつかわんでくれ」

上座に腰をおろすと、上目遣いに艶《なま》めかしい眼差しをおくられた。

「これは身に付いたことばでありんす」

「どうも居心地がわるい。このあたりが痒《かゆ》うなってくる」

咽喉をぽりぽり掻いてみせると、夕霧は宝尽くし紋様が描かれた打掛の袖で唇もとを隠した。

「ほほほ、おもしろいお方」

「おう、それでよい。やればできるではないか」

「ついでに、化粧も落としましょうか」

「できればそうしてほしいところだが、あいにく、わしは情夫ではない」

夕霧は「情夫」と聞いて笑みを消し、悲しげに目を伏せた。

「わっちの素顔を存じておられるのは宗次郎さまだけ。後朝になると、いつもきまって宗次郎さまは素顔をみせてほしいとせがまれる。最初は恥ずかしかったけれど、段々にそれが嬉しいことに変わってきました」

「未練があるのか」

「ないと申せば嘘になります。けれども、わっちは二度までも、あのお方を邪険にあつこうてしまった」

「二度だと、もしや、宗次郎が訪ねてまいったのか」

「わっちが啖呵を切った翌晩、縒《よ》りをもどしてほしいと謝りにまいられた。けれど、わっちは逢いもしなかった。粂三に顔もみたくないと言伝を頼むなんて……ああ、なんて莫迦なことをしたのだろう」

夕霧の仕種が芝居掛かってみえるのは、遊女だからにちがいない。

宗次郎は幇間から言伝を聞いてあきらめ、松葉屋をあとにしたという。

ところが、それから半刻ほど経って、夕霧は聞きたくもない告げ口を聞かされた。江戸町一丁目の露地裏で、宗次郎が佐保川といっしょにいるところを、扇屋の遣手《やりて》が目にしたというのだ。

その晩遅く、佐保川は足抜に踏みきった。

「宗次郎と逢った晩に足抜をしたのか。聞き捨てならぬはなしだな」

「会所は宗次郎さまを疑っている。でも、わっちには未練がござります。たとい、心移ししなされたとしても、それは一時の心の迷い。いずれはここへもどってきてくれるものと信じております」

「それでは意気地《いきじ》が立つまい。吉原の花魁は意気地と張りが命ではないのか」

「女とは弱い生き物にござります。身は離れ離れになろうとも、わっちの心は宗次郎さまのもの。あのお方無しでは生きてゆく自信がありませぬ」

しおらしく告白する花魁が、愛おしく感じられた。

夕霧は美貌をもって知られているだけでなく、書画の才に優れ、和歌や漢詩にも通じている。これほどの女に惚れられた宗次郎が、憎たらしくなってきたのだ。

「矢背のお殿さま、あのお方を助けてあげて。宗次郎さまが頼りにしておられるのは、お殿さまだけ」

「まかせておけ」

蔵人介はおもわず、胸をぽんと叩いてしまう。

「待っておれ。首に縄を付けてでも、おぬしのもとへ連れもどしてやる」

「まことですか。ありがとうございます」

夕霧は三つ指をついて額づき、畳にぽたぽた涙を零《こぼ》す。

廓通いをやめさせるつもりが、妙なことになってしまった。

「まあよいか、詮方あるまい」

蔵人介は傷心の夕霧に別れを告げ、松葉屋をあとにした。

その足で仲之町を横切り、扇屋へむかう。

なけなしのへそくりを叩いて妓楼へあがり、大階段をのぼって遣手部屋を訪ねた。

およねという遣手は訝《いぶか》しんだが、宗次郎の養父だと告げると、重い口をひらいてくれた。

「あの晩、佐保川は小便臭い露地裏で酔客にからまれましてね。そこへ偶《たま》さか通りかかったのが望月宗次郎さまにございました」

宗次郎は酔客を追っぱらい、佐保川を助けた。それが出逢いのきっかけだ。

「およねさんよ、妙ではないか。花魁の佐保川がまたどうして、小便臭い露地裏なんぞにおったのだ」

「旦那様もご存じないことですけど、じつは仙八《せんぱち》という遊び人の兄がおりましてね、ちょくちょく遊び金をせびりに顔を出すんですよ」

あの晩も佐保川は仙八に呼びだされ、小遣いを手渡した。災難に見舞われたのはその直後で、およねが目にしたのは、佐保川が宗次郎にむかって米搗《こめつ》き飛蝗《ばった》のように頭をさげている光景だった。

「そこは若いふたりのこと、ひと目で恋に落ちたってこともある。うひょひょ、そのときに逢瀬《おうせ》の約束を交わしたのかもしれませぬなあ」

それはおよねの憶測にすぎぬが、憶測とは得てして面白可笑しく誇張され、噂となって広まってしまうものだ。

いずれにしろ、大引になったあと、佐保川は扇屋の閨《ねや》から消えてしまった。

「消えたことがなんでわかった」

「馴染みのお大尽に告げられたのですよ。このわたしがね」

「お大尽とは、泉州屋寿右衛門と申すにわか成金のことか」

「へえ、お大尽の仰るには、ご自身は御酒が過ぎて寝入ってしまった。目を覚ましたら空は白みかけており、そのときになってはじめて佐保川がいないのに気づいたのだと……でも、ちょいと妙なんで」

「妙とは」

「お大尽は厠が近くて悩んでおられました」

泉州屋は夜中に何度も厠へ立ったはずで、敵娼がいなくなったのに気づかぬはずはなかった。

たしかに怪しいなと、蔵人介は直感した。

「余計な詮索はご無用かとおもい、このことは会所の連中にも黙っておいたのですよ。うふふ、旦那」

およねは片目を瞑り、干涸びた掌を差しだした。

蔵人介は小さく溜息を吐き、一分金《いちぶきん》を握らせてやる。

「ありがとう存じます」

「およねさんとやら、ついでに教えてくれ。佐保川はおしとねすべりなのか」

「へえ、おしとねすべりの京女ですよ」

およねは歯茎を剝き、不気味に笑った。

「大きな声じゃ言えませんがね、なんでも西ノ丸の御台様《みだい》にお仕えしていた御女中だったとか」

「ほほう、西ノ丸のう」

家慶の正室である楽宮喬子《さざのみやたかこ》は有栖川宮織仁《おりひと》の息女、宮家から嫁入りした女性《にょしょう》だった。身のまわりの世話をするのも京出身の女たちなので、佐保川が京女であることと辻褄《つじつま》は合う。

遣手のおよねは、それ以上の詳しい素姓は知らぬらしかった。

蔵人介は礼を述べ、袂《たもと》をひるがえすや、籬内の喧噪《けんそう》から抜けだした。

三

西ノ丸の御台所付きだった佐保川の素姓をたどれば、宗次郎に行きつくかもしれぬという予感はあった。

城内奥向きのことは、表使の村瀬から訊くにかぎる。

ただし、村瀬を大奥の外へ呼びだすのは容易でないため、橘右近の力を借りねばならぬ場面も生じてこよう。

事は急を要するだけに、躊躇《ちゅうちょ》してなどいられなかった。

が、そのまえに、泉州屋寿右衛門を探ってみなければなるまい。

泉州屋は頻尿《ひんにょう》症で厠へ何度も立ったはずなのに、枕を並べていた佐保川が消えたことに明け方まで気づかなかった。

どう考えてもおかしい。

ほんとうは気づいていたのだとすれば、嘘を吐いたことになる。

「なぜ、嘘を吐く」

考えられる理由はふたつ、佐保川の足抜を手伝ったか、手下に命じて拐《かどわ》かさせたか、どちらかではあるまいか。

ほかに理由があるなら質してみたい。

宗次郎の行方についても手懸かりを得たいと、蔵人介はおもった。

遺手のおよねによれば、泉州屋は向両国《むこうりょうごく》の南本所横網町《よこあみちょう》に店を構えているという。

猪牙舟《ちょきぶね》に乗って両国橋まで下り、陸《おか》へあがって本所回向院《えこういん》の手前を北へむかう。

御米蔵《おこめぐら》の掘割は上流の一番堀から八番堀まであり、石垣と竹矢来《たけやらい》に囲まれた敷地は三万七千坪におよぶ。諸藩からの年貢米を収納する幕府の米蔵は五十棟余り、年間五十万石もの米が集められ、八割は幕臣に支給された。管理者は勘定奉行支配の蔵奉行十人、配下には門番もふくめて百人近い諸掛《しょかかり》がおり、労役人足は三百人を優に超える。

俗に御蔵前《おくらまえ》と呼ぶ町屋は北から元旅籠町《もとはたごちょう》、森田町《もりたちょう》、御蔵前片町《おくらまえかたまち》とつづき、扶持米《ふちまい》を担保に金を貸す札差の店が軒を並べる。やたらに多い屋号が伊勢屋で、森田町には首を縊った伊勢屋徳兵衛の店もあった。

昼であれば、櫛の歯状に築かれた浅草御蔵の掘割を遠望できる。だが、月明かりさえ心もとない今は、埠頭《ふとう》の位置をしめす篝火《かがりび》が点々と揺れているだけだった。

蔵人介に策はない。

策がないときは、いつも、真正面から当たってみることにしている。

直に会って話せば、相手が嘘を吐いているかどうかはわかるものだ。

町木戸の閉まる亥ノ刻まで、一刻（二時間）はあった。

泉州屋の板戸は、頑《かたく》なに閉ざされている。

蔵人介は力任せに板戸を敲き、大声を張りあげた。

「たのもう、たのもう」

すぐに潜り戸が開き、人相の悪い地廻《じまわ》り風の男が顔を出した。

「うるせえなあ、なんだってんだよ」

「ちと寿右衛門どのに用がある。取りついでくれ」

「けっ、さんぴんめ。用心棒なら足りているぜ」

「誤解いたすな。食い扶持を探しにまいったのではない」

「だったら借金か。すまねえがほかを当たってくんな。うちは小口はあつかわねえんだ」

「ほう、小口はあつかわぬのか」

「おうよ、大身旗本か大名でなくちゃだめだ。小役人や浪人者にゃ貸せねえぜ」

「風体をよくみろ、わしは旗本だぞ。浄瑠璃坂のうえに家屋敷もある」

「ほんとうかい」

男は提灯を翳《かざ》し、不躾《ぶしつけ》にも上から下まで嘗めるように照らす。

「こいつは失礼いたしやした。お旗本のご当主さままで」

「いかにも、さようじゃ」

「直々にお殿さまがみえられるたあ、おめずらしい」

「火急《かきゅう》の用だからな」

「ちょいとお待ちを」

男はいちど潜り戸のむこうへ引っこみ、また顔を出した。

「どうぞ」

蔵人介は背を屈め、敷居を跨《また》いだ途端、息を呑んだ。

上がり框《かまち》のむこうに、喧嘩装束の男たちが居並んでいる。

数は十人余り、鎖鉢巻きに襷掛けの半端者《はんぱもの》たちが片膝立ちになり、こちらを睨《ね》めつけているのだ。

蔵人介は平常心を取りもどし、ふっと笑みを浮かべた。

「こいつは驚いた。金を借りるのも命懸けだな」

「阿呆抜かせ。野良犬に貸す金なんぞ鐚一文《びたいちもん》もあらへんで」

板間の中央にでんと座った小太りの男が、上方訛《なま》りで疳高く発した。

「おぬしが寿右衛門か」

「そや。文句でもあるんか」

年はまだ四十の手前、存外に若い。

肉厚の顔は鯰《なまず》のようで、利口な男にはみえなかった。

「野良犬め、会所から送りこまれてきたんやろ」

「会所とは四郎兵衛会所のことか。わからんな、何を懼《おそ》れておる」

「佐保川のことや。わしが攫《さろ》うたとおもてんのやろ」

「会所の報復を懼れるあまり、ちんぴらどもを雇ったか。ご苦労なことだな。それならそれで、はなしは早い。佐保川はどこにおる」

「やっぱりそうや。会所に雇われて来たんやな」

「雇われたのではない。みずからの意志でまいったのだ」

「やかましわい」

喚きちらす鯰を、蔵人介は上から睨めつけた。

「おいおい、わしはこうみえても旗本だぞ」

「嘘《うたぐ》や。痩せ浪人が月代剃って古着屋ででも衣裳あつらえたんやろ」

「疑り深い男だな。証拠《あかし》をみせてやろうか」

「証拠」

「ふむ」

蔵人介は身を沈め、滑るように足を運んだ。

裾を割って膝を繰りだし、白刃を抜きはなつ。

ぶんと、刃風が唸った。

「ぬひょっ」

仰けぞった寿右衛門の鼻面に、鋭利な切っ先がわずかに触れた。

「動かぬほうがよい。ぐさりと刺さるぞ」

「わ、わわ……わかった」

寿右衛門は汗みずくになり、厚ぼったい唇を震わせた。

ちんぴらどもは事態が呑みこめず、ぽかんと口をあけている。

それほど、蔵人介の動きは捷かった。

「堪忍《かんにん》や……ぬわっ」

寿右衛門は苦しい姿勢に耐えきれず、どたんと後ろへ倒れた。

蔵人介の刃はあくまでも、鯰の鼻面を追ってゆく。

ちんぴらどもは手を出せない。

「膝が、膝が痛いんや……楽にさせてくれ」

「我慢しろ。おぬしを殺ろうとおもえば、いつでもできるのだぞ」

「わ、わかった……なんでも喋るさかい、物騒《ぶっそう》なものを鞘に仕舞《しも》てくれ」

蔵人介は身を引き、国次を鞘におさめた。

「こんにゃろ」

無謀にも、ちんぴらが一匹突きかかってきた。

蔵人介は難なく躱《かわ》し、独楽のように回転する。

一瞬の光芒《こうぼう》とともに、鍔鳴《つばな》りが響いた。

――ちん。

すでに、刃は鞘におさまっている。

「おっとと」

突きかかった男は、勢い余って足を縺れさせた。

振りむいた瞬間、髷《まげ》の元結いがぷつっと切れる。

「なは」

ざんばら髪が肩に垂れた。

「おっ、すんげえ」

どよめきが起こり、抗う者はいなくなった。

寿右衛門はとみれば、股ぐらをぐっしょり濡らしている。

板間に立ちのぼる湯気のむこうで、鯰が泣き笑いの顔をしてみせた。

「漏らしてしもた……旦那、ここにはいてへんのや。神仏に誓うて嘘やない。わしかて佐保川に脅されたんや。朝まで口を噤《つぐ》んでおれと」

「そんな与太話を信じろと申すのか」

「ほんまですがな。あのおなごには仙八という兄がいてます。切れたら何をしでかすかわからへん男で、佐保川は仙八をけしかけると抜かしよったんや」

寿右衛門は命じられたとおりにしたが、会所の連中から疑われるにちがいないと覚悟を決め、こうして喧嘩装束のちんぴらどもまで雇って待ちかまえていた。そこへ、蔵人介がひょっこりあらわれたのだ。

「佐保川がどこへ逃げたのかも、なんで逃げたのかも、皆目《かいもく》わからへん。せっかく身請けしようおもたのに、このざまや。あのおなご、何を考えとるんのか、さっぱりわからしまへん」

どうやら、嘘ではないらしい。

佐保川がおらぬとなれば、宗次郎の行方も知るまい。

「邪魔したな」

蔵人介は、くるっと踵《きびす》を返した。

「ま、待っておくんなはれ。旦那はどちらのお旗本様で」

寿右衛門に訊かれ、はたと足を止める。

「旗本と言っても、わしは二百俵取りの貧乏旗本にすぎぬ」

「二百俵でっか。お困りのようなら融通しまっせ」

「そいつはありがたいな」

「金利はまけときますわ。そのかわり、泉州屋の用心棒になっていただけまへんやろか」

「ふふ、用心棒なあ」

「三日やったら、やめれまへんで」

「ま、やめておこう」

「なんでですねん」

「おぬしのような成金は好かぬ。米相場で儲けた金など所詮はあぶく銭。あぶく銭のお裾分けに与《あずか》りたくないのでな」

ふん、と小便垂れの金貸しは鼻を鳴らす。

「どないして儲けようが、金は金でっしゃろ。世の中、金がすべてや。ちゃいまっか」

蔵人介は刃物のような目で睨む。

「よいか、薄汚い耳の穴をかっぽじって、ようく聞け。汗水垂らして稼ぐのが人のいとなみというものだ。おぬしのごとき阿漕《あこぎ》な商人には、いずれ天罰が下るであろう。ま、鯰に説教してもはじまらぬがな」

「へん、腐れ侍が」

寿右衛門の悪態を背中で聞きながし、蔵人介は潜り戸を抜ける。

生温《なまぬる》い風に頬を撫でられたとおもいきや、小雨がしとしと降りはじめた。

四

屋敷から消えて七日目、宗次郎の行方はまだわからない。

一方、泉州屋寿右衛門には、さっそく天罰が下った。

伊勢屋徳兵衛殺しを企てた下手人として、町奉行所の役人に縄を打たれたのだ。

「泉州屋と伊勢屋の浅からぬ因縁が炙《あぶ》りだされてまいりました」

嬉しそうに説明するのは、串部であった。

にわか成金の転落ぶりが痛快なのだろう。

両者は米相場をめぐって競合し、後発の泉州屋は事あるごとに嫌がらせを受けていた。

「伊勢屋に恨みを募らせていたのはあきらかで、殺す理由は充分にござりました」

伊勢屋が殺された晩、泉州屋は通りひとつ隔てた扇屋へ揚がり、佐保川や新造たちを侍《はべ》らせて酒盃をあげていた。泉州屋に雇われた殺し屋はまだ捕まっていないが、首吊りにみせかけた殺しの手腕は相当なものと役人はみている。なお、泉州屋への疑惑は匿名の訴状によって浮上したものらしい。

蔵人介は、妙な感じをぬぐいきれなかった。

「どうもすっきりせぬ」

「殿、なぜでござる」

「寿右衛門は腰抜け野郎だ。殺しを企てるほどの残忍さは持ちあわせておらぬとみた」

「されば、濡《ぬ》れ衣《ぎぬ》を着せられたと」

「おそらくな。ただ、ああした金の亡者《もうじゃ》は消えてくれたほうが世のためだ」

「まこと、仰るとおりで」

ふたりは夕暮れの往還を、日本橋のほうへむかっている。

佐保川の素姓を探るべく、蔵人介は橘右近を通じて、大奥表使の村瀬に面会したい旨を伝えた。願いはすぐに聞きとどけられ、指定されたさきへやってきたのだ。

なんと、そこは葺屋町《ふきやちょう》の芝居茶屋だった。

村瀬が宿下《やどさ》がりで芝居見物に訪れる際、かならず立ちよる見世らしい。

見世の奥には洒落た坪庭をのぞむ離室《はなれ》があり、そこだけが芝居町の喧噪から隔絶されていた。

八畳間へ導かれてみると、村瀬は床の間を背にしていた。

萌葱《もえぎ》地に花菖蒲の刺繍《ししゅう》された着物を纏い、顔は白壁のように塗っているものの、大奥の重責を担う立場だけに貫禄がある。

かたわらには、橘右近も同席していた。

この男と城外で逢うのははじめてだ。秘密の小部屋で逢うときは一種異様な凄味を感じさせたが、明るいところでみてみると、ただの干涸びた老臣にすぎない。

公人朝夕人の土田伝右衛門も末席に控え、こちらからは串部の同席が許された。

「まさに、以心伝心《いしんでんしん》じゃったな」

橘は丸眼鏡を曇らせ、入れ歯を剝いた。

「おぬしを呼びつけようとおもっていたのよ」

「どのようなご用件で」

「それは、村瀬どのからご説明いただこうかの」

白髪の皺顔に微笑まれ、村瀬は軽くうなずいた。

「過日、闕所物奉行《けつしよもの》の奥山将監《おくやましようげん》どのがお亡くなりになりました。ご存じのとおり、闕所物奉行とは罪人の没収された財産を売却いたすお役目。奥山どのは従前よりお役目で得た御用金を私《わたくし》しているとの噂が絶えぬお方でござりました。なれど、政《まさ》之助《のすけ》さま（家慶長男）のご母堂であられるお美津《みつ》の方《かた》さまの金庫番であったがゆえに、お目付衆《めつけしゆう》にも遠慮があり、生きながらえてこられたのです」

闕所物奉行の死が何を意味するのか、蔵人介は計りかねながらも、村瀬のまわりくどい説明に耳をかたむけた。

西ノ丸に依拠する嗣子《しし》家慶のつぎの将軍職をめぐっては、大奥においてふたつの勢力が熾烈《しれつ》な抗争を繰りひろげてきた。

ひとつは家斉の寵愛《ちようあい》を受けるお美代の方を中心とする勢力で、中奥では養父の中野碩翁が中心となり、加賀《かが》前田家へ嫁いだお美代の方の長女溶姫《ようひめ》の産んだ犬千代《いぬちよ》丸《まる》を推していた。

一方、これに拮抗《きつこう》するのが西ノ丸派と称される勢力で、こちらは家慶側室のお美津の方が中心となって家斉正室の島津重豪《しげひで》の娘茂姫《しげひめ》を後ろ盾に取りこみ、家慶の嫡男である政之助を推している。

家康のとりきめた将軍継嗣の原則は長子相続。本来なら政之助で異論はないはずだが、病弱なうえに才気の片鱗すら窺えぬ童子の評判は芳しくない。ゆえに、将軍継嗣が水面下で争われることとなったのだ。

村瀬によれば、ここにきて西ノ丸派に亀裂が生じたらしい。

家慶の正室である楽宮喬子が、お美津の方と対立しはじめたというのだ。

そもそも、お美津の方は書院番衆の娘、宮家出身の喬子と馬が合うはずもない。

喬子にしてみれば、側室の産んだ愚昧《ぐまい》な男子を次々期将軍の座に据えたくないにきまっている。

しかし、喬子には子がなかった。されば、誰を継嗣に推すのかという肝心な点はひとまず据えおき、村瀬は闕所物奉行の死が他殺であることを示唆《しさ》した。

「おおやけには病死あつかいとなりましたが、奥山どのは厠の梁にぶらさがっておりました」

検屍役によれば、あきらかに絞殺されたあとに吊るされた遺骸で、首にはくっきり縄目がのこっていた。

伊勢屋徳兵衛の死にざまとかさなる。

すかさず、橘が口を挟んだ。

「さよう、奥山将監と札差の伊勢屋徳兵衛はおなじような殺され方をした。両者は蜜月の間柄にあってな、伊勢屋は将監の財布じゃった。むふふ、どうじゃ。おぬしを呼ぼうとした意味がわかったか」

「されど、伊勢屋殺しの下手人は捕まりましたぞ」

「泉州屋とか申すにわか両替商であろう。そやつは、とばっちりを受けたにすぎぬ」

「されば、いったい誰が」

「一連の殺しには、怖ろしい闇が隠されております」

と、横から村瀬が声を押し殺した。

明白な証拠はないと前置きしながらも、楽宮喬子の周囲が怪しいと声をひそめる。

なるほど、動機はあった。

嗣子の決定は現将軍の遺言によって決まる。

ただし、決定にあたっては、幕閣の意見に耳をかたむけねばならない。ゆえに、老中や若年寄を抱きこむべく、何万両もの工作金が城内に飛びかう。それだけに資金源を断たれれば致命傷となり、嗣子選びの競争から脱落したとみなされても仕方ない。

すなわち、一連の殺しは、お美津の方一派を潰す目的で実行されたのだ。闕所物奉行と札差は継嗣争いに巻きこまれて殺されたという筋書きも、あながち否定はできない。

「無論、宮家ご出身の御正室様がさような凶事を考えつくとはおもえぬ。されども、取りまきには権謀術策《けんぼうじゅつさく》を弄する者がいると聞く。のう、村瀬どの」

「はい。西ノ丸には姉小路《あねこうじ》さまがおられます」

将来の上臈御年寄《じょうろうおとしより》候補である。

家慶が将軍となったあかつきには、御台所付きの筆頭として大奥を牛耳るにちがいないとまで目されていた。

公卿《くぎょう》の家の出というが、まことの出自は京の軽《かろ》き者との噂もある。

蔵人介は焦れたように、膝を乗りだした。

「村瀬さま、肝心なことをお伺いせねばなりませぬ。西ノ丸の御台様はいったい、御嗣子にどなたを推そうとなさっておられるのです」

「やっと、本題にはいってまいりましたね」

血走った狐目でみつめられ、蔵人介は生唾を呑みこんだ。

「……ま、まさか」

「そのまさか、にござります。貴殿もよくご存じのお方、望月宗次郎さまにほかなりませぬ。橘さまから事情を聞き、わたくしも驚かされました。されど、隠し子の噂は従前よりございましてね」

村瀬によれば、楽宮喬子の周囲はそのはなしに興味をもち、秘かに宗次郎を捜させていた節があるという。

「されば、こたびの失踪に関わりがあると」

「もちろん、そう考えるのが当然でしょう」

姉小路が中心となって策を練り、楽宮喬子の後ろ盾をもって宗次郎を次々期世嗣の候補に担ぎだす。そうした企てが秘かにすすめられているのだろうと、村瀬は憶測する。

橘右近も同じ考えのようだった。

「誰とも知れぬお方を神輿《みこし》に担ぎ、みずからの権力基盤を構築せんがための所業。これは野心に裏打ちされた企てじゃ」

出自を知る者にとって、宗次郎はいざというときの切り札になると、蔵人介は薄々予感していた。

逆に、敵対する者たちからみれば、宗次郎の存在は疎《うと》ましく映るはずだ。

いずれにしろ、宗次郎を権力闘争の渦に放りこみたくないと、蔵人介は強くおもう。

心の動揺を見透かしたかのように、橘が嗄《しやが》れ声を掛けてきた。

「おぬしは隣人の誼から、厄介者を預かった。知ってのとおり、宗次郎さまを傅育《ふいく》した望月左門は上州《じようしゆう》に三千石の知行地《ちぎようち》を有する大身旗本であった。なれど、次期老中をめぐる政争に関わり、自刃に追いこまれ、家屋敷まで焼かれた。命令を下した張本人は、おぬしの飼い主でもあった長久保加賀守じゃ」

望月左門は、加賀守と老中職を争った林田肥後守《はやしだひごのかみ》、ならびに中野碩翁一派の金庫番だった。

加賀守の側に寝返ったものの、抹殺されてしまったのだ。

「なれど、そのことと宗次郎さまを預けることは別のはなし。詳しい経緯は左門めが墓場まで携えていった、わしとて知らぬ。ただ、あのお方が西ノ丸様の御嫡男であられるのは紛《まご》うかたなき真実《まこと》。遅かれ早かれ、こうした事態を招くことは予想できた」

「されば、宗次郎は……いや、宗次郎さまはやはり、西ノ丸に棲息《せいそく》する魑魅魍魎《ちみもうりよう》どもに拐かされたのでしょうか」

「ほほほ、魑魅魍魎とは言い得て妙」

村瀬が扇を口に当てて笑った。

ふたたび、橘がことばを接ぐ。

「扇屋の佐保川なる花魁、調べさせてみると、姉小路の子飼いであったわ。西ノ丸様の御伽《おとぎ》をつとめたこともある。年はたしか二十一か二じゃ。それだけの若さでおしとねすべりとは妙ではないか。しかも、みずからすすんで苦界に身を沈めるなどというはなしは、聞いたこともない」

おしとねすべりとは、通常、三十路を過ぎて伽役を解かれた御殿女中のことをいう。たいていは桜田《さくらだ》門外の比丘尼《びくに》屋敷なる姥捨山《うばすてやま》に退がり、寂しい余生を送る運命にあったが、公方や世嗣の目に留まって契りを交わしたことのある女中だけあって、疎略《そりやく》にはできない。

いずれにしろ、佐保川の行動は不可解だ。

「苦界に沈んだのはわずか半年前、扇屋に仲介した女衒《ぜげん》は行方《ゆきがた》知れずになったとか。いずれにせよ、なんらかの意図があったとしかおもえぬ。たとえば、宗次郎さまを拐かす目的で吉原に潜入したとも考えられよう……ただ、ひとつ気に掛かることがあってのう」

橘は丸眼鏡を指ですっと持ちあげ、声を落とした。

「佐保川という名が、どうも引っかかる」

「どう引っかかるのでございますか」

「ふむ、佐保川と申せば南都を潤す川。春日奥山《かすがおくやま》を源流とする聖なる川にして、東大寺の北西面を守る要害でもある」

「あ」

「そうじゃ。またしても、蘭奢待がからんでおるのではあるまいか。懸念されるのはそのことよ」

蔵人介にも合点できる部分があった。

楽宮喬子は有栖川宮家の出身。有栖川宮家といえば、宇治の茶師神林香四郎が御用達をしている宮家でもある。

「姉小路なる者、禁裏と繋がっておるとみなければなるまい」

宗次郎という新たな継嗣を立て、なおかつ、現将軍家斉の命をも奪うという一挙両得を狙った計略かもしれぬと、橘は語った。

「西ノ丸が禁裏への、さらには、南都という深い闇への入口になっておるのやもしれぬ。そう考えるのは、うがちすぎであろうかのう」

いや、充分に考えられることだ。

村瀬も頷き、じっとみつめてくる。

「なにはともあれ、宗次郎さまが魑魅魍魎に拐かされたとするならば、なんとしてでも奪いかえさねばなるまい。のう、鬼役どの」

「無論でござる」

蔵人介は握った拳を畳につけ、深々とお辞儀をしてみせた。

五

串部を村瀬の護衛につけ、蔵人介はひとり暗い夜道をたどった。

宗次郎の無事を祈りながら歩み、気づいてみれば溜池《ためいけ》の桐畑までやってきている。あたりは真っ暗闇で、提灯に照らされた桐の影が風に揺れると、背筋に寒気が走った。

つい今し方、霧雨が流れるように降りはじめた。蓑笠も蛇の目も携えておらず、提灯が消えぬように細心の注意を払わねばならない。

右手は溜池、左手には筑前福岡《ちくぜんふくおか》藩の広大な中屋敷があった。

海鼠塀の途切れたさきの田町《たまち》から赤坂《あかさか》御門までは、緩やかな登り坂となる。

「何か出てきそうだな」

暗闇に目を細めると、坂のうえから提灯がひとつ揺れながら近づいてきた。
「ほうら、出た」
やってくるのは、紫の御高祖頭巾《おこそ》をかぶった女だ。
女に化けた狐狸にちがいないと、蔵人介はおもった。
狐狸ならまだ可愛げがあるものの、足のないのはごめんだ。
蔵人介が立ちどまったとみるや、女は小走りに坂を下りてきた。
勢いがついて止まらなくなり、まっすぐに駆けよせてくる。
「な、なんのまねだ」
危ういところで躱すと、女はすぐ脇を擦りぬけていった。
顔をみる余裕もない。
つぎの瞬間、くんと足首を引っぱられ、蔵人介は地べたに引きずり倒された。
額《ひたい》を強《したた》かに打ちつけ、昏倒《こんとう》しそうになる。
ぱっくり割れた傷口から、温かい血が流れた。
「ほほほ、蜘蛛の糸に掛かりましたね」
暗闇から、澄んだ女の声が聞こえてくる。
右の足首をみれば、いつのまに搦《から》められたのか、赤い綱が巻きついていた。

蔵人介は国次を抜きはなち、綱を断ちにかかった。

「そは観音菩薩の羂索《けんじゃく》、人界《じんかい》の鋼《はがね》にて断つことあたわず。無駄なことはおやめなされ」

「羂索だと」

芯に鉄線でも仕込まれているのだろうか。

綱に白刃をぶつけると、金属音が響いた。

たしかに、なまなかなことでは断つことができそうにない。

「赤、青、黄、白、黒、五色の徳をもって衆生《しゅじょう》を救う。羂索は不空なり。心に願えば、この世に叶わぬことはなし。ウンハッタ、ウンハッタ……」

突如、女の声が野太い男の声に変わった。

不気味な咒《じゅ》とともに、気儘《きまま》頭巾をかぶった黒子が坂をゆっくり登ってくる。

痩せてはいるが、丈は高い。肩幅も広く、あきらかに男の輪郭だった。

「本丸御膳奉行、矢背蔵人介か」

ふいに、男から呼び掛けられた。

「それがどうした」

「大奥表使の村瀬と、何を密談しておった」

「ほほう、村瀬さまを跟《つ》けたのか。さては西ノ丸派の者だな」

「さて、どうかな」

「わしに何用だ」

「おぬしに用はない。矢背家の居候に用がある」

「ん」

「望月宗次郎のことだ。あの者をどこへ隠した」

「なに」

「居所を吐けば、命だけは助けてもよい」

頭が混乱してきた。宗次郎は佐保川の導きで、西ノ丸派の連中に拉致されたのではなかったのか。

「教えてほしい。さきほどの御高祖頭巾の女、あれは佐保川か。おぬしら、南都の刺客ではないのか」

「なぜ、そうおもう」

「この綱を羂索と申したであろう」

羂索は狩猟に用いる武器、天上にあっては衆生をもれなく救う観音菩薩の綱にほかならない。そして、この綱を手に提《さ》げる一面三目八臂《いちめんさんもくはっぴ》の菩薩こそが、不空羂索観音であった。

「不空羂索観音は東大寺法華堂《ほっけ》の御本尊。これに佐保川とくれば、嫌でも南都を連想するわい」

「勘がよいな。たしかに、不空羂索観音は法華堂の御本尊、興福寺南円堂《なんえん》にも鎮座しておられる。国家鎮護《ちんご》の願いを聞き届けてくださる、ありがたい菩薩様よ」

「国家鎮護とはまた、大きく出たな」

「公方の誅殺《ちゅうさつ》、それが国家を安んじるための近道じゃ」

「本音が出たか。ところで、宗次郎を奪ってどうする」

「われらは、あの者の素姓を知っておる。身柄を渡せば悪いようにはせぬ」

「あいにく、わしも捜しておるのさ」

「嘘を吐くとためにならぬぞ。それっ」

綱が生き物のように躍動し、つぎの瞬間、蔵人介は遥か高みにまで引っぱりあげられた。

宙吊りにされたのだ。

もがいても抜けられない。

綱は二股の堅固な梢を支点にして、ぐいっと引っぱられていた。

大人ひとりをいとも簡単に吊るしあげるとは、なんとも凄まじい膂力《りょりょく》だ。

が、吊るされたことは、かえって好都合だった。

振り子の要領で勢いがつき、綱を断ちやすい。

「ほほほ、そなたが笑い仏の手首を落とした御仁かや」

別の方角から、女の声が聞こえてきた。

「笑い仏は嘆いておったぞ。箸が持てぬようになったとな。それにしても歯ごたえがないわ。のう、兄者《あにじゃ》」

闇の底から、ほっそりした輪郭があらわれた。

御高祖頭巾の女だ。

佐保川なのか。

右手に五色の索条《さくじょう》をぶらさげている。

「われは天上より遣われし狩人《かりうど》。使命を阻まんとする者あらば何人《なんぴと》といえども許すまじ」

「その綱で札差と闕所物奉行を吊るしたのか」

「ふふ、どうであろうかの」

蔵人介は宙づりになりながらも、問いを止めない。

「姉小路とか申す者の指図だな。それにつけても、兄妹で刺客稼業とは恐れ入った……兄の名はたしか、仙八とか申したな」

「われらに名など意味はない」

「それもそうだ」

「無駄な喋りは仕舞いにいたそう。もういちど訊く。宗次郎とか申す御仁はどこにおられる」

「知らぬと言ったはずだ」

女のほうが声を荒らげた。

「しらをきるか。されば、死んでもらうしかあるまい」

「女のくせに怖い台詞を吐く。わしを殺せば宗次郎の所在はつかめぬぞ」

「奥方にでも訊いてみよう。いや、八瀬童子の血を引く婆さまでもよい。孫の首筋に刃を突きつければ、たいがいのことは喋るであろうよ」

「巻きこむのか」

「目的のためには手段を選ばず」

「よし。ならばこっちも肚を決めた」

「何を決めたのだ」

「おなごを斬る覚悟さ」

「蜘蛛の餌が何を抜かす」

「わしは吊るされておるのが嫌いでな。そろそろ下ろしてくれぬか」

「吊るしたまま、斬り刻んでくれよう」

「鮟鱇《あんこう》のようにか。そいつだけは勘弁だな。それっ」

蔵人介はみずからを振り子にし、愛刀を右八相に大きく振りかぶるや、えいとばかりに気合一声、鋼鉄の索条を断ちきった。

「なっ」

索条の一端を握る仙八が、どしんと尻餅をつく。

蔵人介は猫のように舞いおり、横っ飛びに斬りかかった。

「兄者、跳ねたぞ」

「おう」

むっくり起きあがった仙八の眸子が、眩《まばゆ》い光芒をとらえた。

それが、この世で最後の記憶となったにちがいない。

蔵人介の鋭い刃は、頭蓋をすっぱり薙ぎきったのだ。

仙八は脳味噌まで輪切りにされ、平らになった頭から茫々《ぼうぼう》と血を噴いた。

「許さぬぞ、おぼえておれ」

女は恨みを籠めて吐きすてるや、血飛沫のむこうへ消えていく。

蔵人介は追おうともしなかった。

女の放った索条が足首に巻きつき、走りだすことができなかったのだ。

「鬱陶しい羂索め」

逃がした魚は大きい。

やはり、女は佐保川なのであろう。

宗次郎はいったい、どこへ消えてしまったのか。

蔵人介はふたたび、手懸かりを無くしてしまった。

六

その晩遅く、自邸を訪ねてくる者があった。

常陸下妻藩の御手廻物頭、鎧戸典膳である。

「夜分の失礼をもかえりみず、まかりこしたのには理由がございます」

藩内きっての遣い手といわれる無骨な男は、厳《いか》ついからだを縮め、客間の隅にかしこまった。

「じつを申せば、宗次郎どのを預かっております」

「え、どこで」

「拙宅でござる」

「愛宕下《あたごした》の御上屋敷内か」

「は。それを知っておるのは拙者と愚妻のみ」

「御家老の四方山さまもご存じない」

「は」

藩規では他藩の者を屋敷内に泊めてはならず、拠所《よんどころ》なき理由があるときは、かならず家老に上申したうえで指図を仰がなければならぬという。

「藩規を破ればどうなります」

「切腹の沙汰を頂戴するやも。無論、甘んじて受ける覚悟でおりますが」

「ふうむ」

宗次郎は行き場を失い、唯一、剣術の板の間稽古を通じて知りあった鎧戸典膳を頼ったのだ。

頼られたら、とことん面倒をみるのが武士たるもの。家老の四方山右京左衛門に報告すれば、十中八九、追いだされるにちがいないと判断し、鎧戸は隠密裡に組屋敷で匿《かくま》うことにきめたのだ。

蔵人介は畳に両手をついた。

「ご迷惑をお掛けして申し訳ござりませぬ。このとおりでござる」

「矢背さま、顔をおあげくだされ」

「恐縮でござります。それで、宗次郎はどうしておりましょう」

「ようやく、心の傷も癒えたご様子で」

「心の傷」

「聞けば、死ぬほど惚れたおなごに三行半《みくだりはん》をつきつけられたとか。ようやく六日経って心身ともに恢復《かいふく》の兆しがみえましたゆえ、こうしてまかりこした次第にござります」

宗次郎は三度の飯を食わせてもらい、のんびり風呂に浸かっては妻女に晩酌させたりなどしているらしい。

「あやつめ」

「さぞや、ご心配なされたことでござりましょう。なかなか足を運ぶ決断がつかなんだことをお許しくだされ」

鎧戸は情に厚く、しかも、糞がつくほど真面目な男のようだ。

平蜘蛛のように平伏すので、蔵人介もおなじように額《ぬか》ずいた。

おたがい、さきに手をあげようとしない。

ちょうどそこへ、幸恵が茶を淹れてきた。

「失礼いたします」

障子を開けて踏みこむと、ふたりの男が角《つの》を突きあう恰好で固まっている。

さきに蔵人介が折れ、顔をあげた。

「鎧戸どの、お手を」

「は」

「お茶をどうぞ。宇治の御献上茶でござる」

「ほほう」

感心してみせただけで、鎧戸は茶碗を取ろうともしない。

「さ、ご遠慮なさらずに」

「は」

鎧戸はずずっと茶を啜り、驚いたように目をまるくした。

「これは美味い」

「でございましょう」

蔵人介は幸恵がいなくなると、おもむろに口をひらいた。

「宗次郎に何か、ご助言をしていただいたのでしょうか」

「そろそろ、帰られたほうがよろしいと。もし、帰りづらい事情でもおありなら、拙者が先触れとなって様子を窺ってまいりましょうと、さように申しあげたところ、頼むと仰られて」

「さようでございましたか」

「いかがでしょう。何事もなくお迎えいただけるようなら、明日にでもお連れ申しあげますが」

「貴殿の面目を潰すようなまねはできませぬ」

「それでは」

「お差しつかえなくば、よろしくお願いいたします」

「かしこまりました。されば、拙者はこれにて」

鎧戸は影のように訪れ、風のように去っていった。

「宗次郎め」

大奥では将軍継嗣をめぐる熾烈な争いが繰りひろげられ、みずからも渦中に巻きこまれつつあるというのに、どこまでも太平楽な野郎だなと、蔵人介はおもった。

が、やはり、出生の秘密は本人に告げるべきではないと考えている。

重い事実を知らされた途端、宗次郎は深く傷ついてしまうであろう。

親代わりのつもりもないが、この際、黙っておくのが親心というものだ。

「ようございましたね。義母上もきっと、お喜びになられることでしょう」

幸恵は宗次郎がもどってくると聞いて、心底から安堵した様子だった。

蔵人介は苦笑する。

「待っている者はここにもいる。あやつは、それを知らねばならぬ」

「廓通いはやめさせるのですか」

「ふむ」

と応じつつも、夕霧との約束を忘れたわけではなかった。

もちろん、こちらから背中を押して廓へ送りだすのも妙なはなしだ。

幸恵がふっと微笑んだ。

「どうなってしまうのでしょうね、好きあっているふたりなのに」

「所詮、添いとげられぬ運命《さだめ》さ。別れさせてやるにはよい機会かもしれぬ」

「冷淡なのですね」

「ん、ずいぶんな物言いではないか」

宗次郎にどれだけ心を砕いているか、幸恵だけはわかってくれているものと信じていた。

それだけに、冷淡な男だとばっさり切りすてられたことに腹が立った。

しかし、考えてみれば、幸恵も志乃も宗次郎の素姓を知らないのだ。

知らないのに、家族も同然に接してくれている。

感謝せねばなるまい。

そうおもったら、怒りがすうっと消えていった。

「幸恵、わしは夕霧の立場になって考えてみた。このまま甲斐性《かいしょう》なしとの仲を引きずれば、早晩、身の破滅を招くであろうとおもうてな」

「かもしれませぬ」

「ほうれ、そうおもうだろう」

「それでも、何があろうとも、貫きとおすのが恋と申すもの」

「へ」

幸恵にしっとりした眼差しをむけられ、蔵人介はたじろいだ。

七

朝の虹は大雨の前兆という。

諺《ことわざ》どおり、巳ノ刻ころから降りだした雨は午《ひる》を過ぎても熄む気配がない。

蔵人介は自邸にあり、宗次郎を待ちつづけた。

鎧戸典膳は午前にはもどすと約束したが、待てど暮らせど宗次郎はあらわれない。

「どうしてしまわれたのでしょう」

幸恵も心配そうにこぼすが、ここは鎧戸を信じて待つしかなかった。

「お迎えにあがってみては」

「さようなことをいたせば、鎧戸どのの面目を潰すことになる」

「そう仰せられても、心配にござります」

「串部を迎えに行かせたゆえ、いま少し待ってみよう」

しばらくのち、串部が鎧戸をともなってあらわれた。

ふたりとも血相を変えている。

「鎧戸どの、いかがなされた」

「は、宗次郎どのを逃がしてしまいました。横山町《よこやまちょう》に『柳川《やながわ》』なる泥鰌《どじょう》を食わせる料理屋がございまして、死んでも食いたいと仰るものですから、詮方なくつきあいました。ところが、鍋もこぬうちに、宗次郎どのは小便がしたいと仰せになり、厠へ立ちました。それっきり」

「消えたと」

「面目ない」

「鎧戸どののせいではござらぬ。それより、あやつの行き先に心当たりは」

「そういえば、吉原に行きたい、吉原に行きたいと、呪文のように唱えておりました」

「よし、まいろう」

三人は屋敷を飛びだし、浄瑠璃坂を駆けおりた。

田町の辻で三挺の駕籠を拾い、両国の広小路へむかう。

柳橋からは猪牙舟をしたて、矢のように大川を遡上させた。

八ツ刻にしては、空も川も暗すぎる。

雲は低く垂れこめ、雨脚も次第に強くなってきた。

陸にあがってからは、土手八丁を駕籠で飛ばした。

吉原へたどりついてみると、何やら四郎兵衛会所の内が騒がしい。喧嘩装束の男どもが忙しなく出入りし、みな、血に飢えた野良犬のような面をしている。

仕出し屋の若い者をつかまえて質すと、宗次郎らしき男が雁字搦《がんじがら》めに縛られ、大門の外へ連れだされたという。さらに詳しく訊いてみれば、宗次郎は夕霧を訪ねたのではなかったようだった。

佐保川がその後どうなったか気になり、江戸町の扇屋を訪ねたところ、足抜を手伝った張本人と指差され、大門そばの四郎兵衛会所へ報された。すぐさま、強面の連中が泥撥ねを飛ばして駆けよせ、宗次郎を捕縛してしまったのだ。

「土手下の河原へ連れていかれたのでしょうよ」

仕出し屋によれば、宗次郎はさしたる抵抗もせず、口を真一文字に閉じたまま、何を問われても言い訳ひとつしなかったという。

沈黙は罪をみとめたものとみなされる。

山谷堀に面した河原は断罪の場。宗次郎は廓の掟にしたがって裁かれるのだ。

「右目を潰され、右腕を斬られるのですよ」

敢えて残忍な仕置きをおこなうことで、吉原の秩序は保たれている。

会所の連中は、相手が侍であろうと容赦はしない。

「くそったれ」

串部が悪態を吐いた。

三人は雨に濡れながら、土手をめざして駆けた。

山谷堀はどす黒く濁り、水嵩《みずかさ》を増している。

土手下の河原には、人垣ができていた。雨にもかかわらず、仕置きを見物したい物好きが大勢集まっているのだ。

私刑は御法度で禁じられているにもかかわらず、町奉行所の役人は見て見ぬふりをするしかない。見せしめの意味もあるので、遊女たちも大門から外へ出ることを特別に許されていた。

が、遊女のすがたはほとんどない。

私刑を目にすれば、我が身に災難が降りかかるものと信じているからだ。

月代《さかやき》を剃った侍もちらほらみえるが、ほとんどは町人髷の遊客か地の者たちであった。

関わりを避けて、誰ひとり口を挟もうとしない。

川風は強く、吹きさらしの河原は寒々としており、輪の中心には後ろ手に縛られた男がひとり座らされていた。

「宗次郎か」

大小を失い、猿轡《さるぐつわ》を嚙まされている。

したたかに撲《なぐ》られたのだろう、髪は乱れ、瞼や頰は紫色に腫れていた。

ともあれ、まだ処罰はおこなわれておらず、蔵人介は胸を撫でおろした。

「殿、間にあいましたな」

「ふむ」

だが、この場をどうやって切りぬけるか、妙案が浮かんでこない。

そうこうしているうちに、会所の若頭《わかがしら》らしき三十前後の男が人垣にむかって喋りはじめた。

「みなの衆、この男はとんだ食わせ者にござる。侍の体裁をとっておるが、さにあらず、本性は盗人。江戸町一丁目の大籬から女郎を一匹盗みやがった。そうとわかれば懲らしめねえわけにゃいくめえ」

「そうだ、そうだ」

などと、合いの手を入れるお調子者までいる。

「ご声援、ありがとう存じやす。さすれば、これより右腕を斬り落として進ぜやしょう。こやつはなかなかにしぶとく、佐保川の行方を吐きやせぬが、腕を斬り落とされる痛みに耐えかね、吐かねえともかぎらねえ。いいや、四郎兵衛会所の沽券《こけん》にかけても、吐かせてやらざあなるめえ」

若頭は芝居掛かった仕種で段平《だんびら》を抜きはなち、蒼白い刃を雨天に翳《かざ》してみせる。

雨は激しさを増していたが、大抵の者は月代に手拭いをちょんと載っけているだけで、濡れることを厭《いと》う者もいない。

「おい、待たねえか」

蔵人介が声を掛けるよりさきに、何者かの太い声が朗々と響いた。

恰幅のいい五十絡みの男が、若い者に蛇の目を差しかけさせて登場した。

「若頭よ、ちょいと待て」

「おや、肝煎《きもい》りの旦那、何かご不満でもおありですかい」

「不満はねえ」

肝煎りと呼ばれたのは江戸町一丁目の扇屋宇右衛門《うえもん》、吉原会所の顔役でもある。

堂々とした風貌には一分の隙もない。

若頭は鬼瓦《おにがわら》のような顔をしかめた。

「たとい、肝煎りの旦那でも、会所の仕置きにゃ口を挟まねえのが決まりだ」

「おめえに言われるまでもねえ。おれが自分で決めた掟だぜ。でもな、そいつが本物の侍でよ、しかも、どこぞのお殿さまででもあろうものなら、あとあと面倒なことになっちまう。そこいらあたりはでえじょうぶだろうな」

「でえじょうぶもへったくれもねえ。御上の定めた御法度じゃ、侍は大門の内へ入《へえ》っちゃならねえんですぜ。ましてや、大籬の御職と懇《ねんご》ろになる野郎なんざ、まかりまちがっても立派な侍たあ言えねえでしょ」

「おめえの言うことにも一理ある。よしわかった、仕置きをつづけろい」

「へへ、そうこなくっちゃ」

と、そこへ、赤い襦袢《じゅばん》をちらつかせた遊女がひとり、倒れるように飛びこんできた。

「お、あれは夕霧ではないか」

驚いて身を乗りだす串部を、蔵人介が制した。

「ちと様子をみてみよう」

そもそも、遊女には走るという経験がほとんどない。

夕霧はよろめきながら輪の中央に迷いだし、河原石につまずいて白い臑から血を流した。

息が苦しいのか、喋ることすらできない。

必死の表情でもがき、宗次郎のもとへ這いずってゆく。

一方、宗次郎は首を捻り、驚きのあまり眸子《まなこ》を剝いてみせた。

「なんでえ、この女」

女に刃をむける若頭を、宇右衛門の声が牽制《けんせい》する。

「こいつは驚いた。松葉屋の夕霧じゃねえか……するってえと、その男は宗次郎とかいう情夫《いろ》か」

「肝煎りの旦那、この女が松葉屋の御職でも容赦はできやせんぜ」

「まあ待て。夕霧の言い分も聞いてやろうじゃねえか。それからでも遅くはねえ」

宇右衛門のことばに反応し、夕霧はなんとか声を洩らした。

「お……扇屋の旦那さま、おねがいです。このひとを……す、助《す》けてやってください」

「おめえ、袖にしたんじゃねえのか。こいつは佐保川に気を移したんだろう」

「何かの……何かのまちがいにござります……こ、このひとが好いているのは、このわたし」

「夕霧よ、たいそうな自信じゃねえか。なあ若頭、そいつがまことかどうか、本人にちと訊いてみな」

「けっ、面倒臭えなあ」

若頭は渋々ながらも、宗次郎の面前に屈んで訊いた。

「どうなんだ。おめえ、この女に惚れてんのか」

宗次郎は猿轡を噛みしめ、滂沱《ぼうだ》と涙を流しはじめる。

おもいがけぬ夕霧の登場で、この世への執着が甦ったのだろう。

「ぞっこんってえわけか。ふん、みっともねえ野郎だぜ。肝煎り、どうしやす」

「吉原一の花魁がそこまで必死になっているんだ、助けてやるしかあんめえ。ただし、金輪際《こんりんざい》、廓への出入りは御免だぜ」

そうなれば、宗次郎と夕霧は別れることになってしまう。

「仕方ねえやな。揉め事を起こしちまったんだからな」

「ちっ、野郎ども、引きあげだ」

若頭は宗次郎の大小を河原へ抛《ほう》らせ、大袈裟に袂をひるがえした。

宇右衛門を筆頭に強面の連中が去ってゆくと、野次馬たちも散りはじめた。

「……お、おまえさん」

夕霧に抱きつかれ、宗次郎は何やらはにかんでいる。

群衆の面前で臆面もなく泣ける純情さが、蔵人介には羨ましかった。

縄を解かれた宗次郎はようやくこちらに気づき、すぐさま顔を強張らせる。

蔵人介は大股で歩みより、そっと夕霧の肩に触れて脇へやり、宗次郎の頰を平手でぺしっと叩いた。

「おやめください」

夕霧が裾に縋りついてくる。

宗次郎は頰を押さえ、横をむいてうなだれた。

「鎧戸どのは腹を切る覚悟でおぬしを匿った。それを、なんと心得る」

喋っているうちに、名状《めいじょう》しがたい怒りが迫《せ》りあがってきた。

「養母上も幸恵も、眠れぬほど案じておったのだぞ。この糞ったれの大莫迦者めが」

夕霧を振りほどき、蹴りつけようとすると、こんどは背後から凄まじい膂力で羽交い締めにされた。

「矢背さま、そのあたりで許しておあげなされ」

鎧戸である。

蔵人介は勢いを殺がれ、ふっと力を抜いた。

刹那、河原に異様な殺気が膨らんだ。

「殿、ご覧あれ」

串部は叫び、同田貫を鞘走らせる。

いつのまにか、得体の知れぬ連中に囲まれていた。

「ほほほ、魚が網に掛かったわい」

土手のうえから、聞き憶えのある女の哄笑《こうしょう》が飛びこんできた。

八

薙《な》ぎ袖《そで》の地味な着物に革羽織、髪は無造作な茶筅髷《ちゃせん》に束ねている。

白塗りの化粧を落とした佐保川は、横顔にまだ幼さをのこした小娘であった。

だが、眉は凜々しく、眸子《まなこ》は切れ長で鋭い。

猛禽の眼差しだ。

「斬るには惜しいな」

背後の串部が、おもわず漏らす。

無論、油断すれば大怪我をする。西ノ丸の御広敷《おひろしき》伊賀者とおもわれる二十有余の手練《てだれ》を、小さな尖った顎で指図することのできる娘なのだ。

宗次郎が叫んだ。

「おまえ、佐保川なのか」

「ああ、そうじゃ」

「足抜したのであろう。よう無事だったな」

「ふん、惚《とぼ》けたことを抜かす。暢気《のんき》坊主め、情けなくなってくるわ」

「なぜ」

「うぬを拐《かどわ》かす使命を負っているからよ」

「拐かしてどうする、わしごときを」

「知らぬが仏、無駄話はすまい。そこな鬼役と従者どもを葬り、この場からさっさと去らねばならぬ」

「夕霧はどうする」

「惚れているのかえ、くふふ。一度はこのわたしに心を移したであろうに」

「移してなどおらぬわ」

「嘘を申すな」

「嘘ではない」

「ふん、都合の悪いときは平気で嘘を吐く。だから男は嫌いさ」

佐保川の顰《しか》めっ面《つら》を睨みつけ、宗次郎は唾を飛ばした。

「もういちど訊こう。夕霧をどうする」

「始末いたせば、恨みをのこすであろうなあ」

「夕霧に指一本でも触れてみよ、ただではおかぬ」

「ほほほ、うぬに何ができる。口先だけの男はすっこんでおれ。それっ」

佐保川は気合いを発し、右腕をぶんとしならせた。

索条が蛇のように伸び、夕霧の首に絡みつく。

「あうっ……宗次郎さま」

「夕霧」

横をむいた宗次郎の首にも別の索条が絡みつき、ふたりは河原に引き倒された。

「そこで見物しておれ」

佐保川は、すっと拳を突きあげた。

「者ども、掛かれい」

手下たちは着物を脱ぎすて、軽妙な柿色装束になるや、一斉に直刀を抜きはなった。

喊声《かんせい》もあげず、息を詰め、八方からじりっと輪を狭めてくる。

「鎧戸どの、お逃げなされ」

蔵人介の怒声を、鎧戸は一笑に付した。

「拙者とて剣客の端くれ、助っ人いたす」

「すまぬ」

「なにを仰る。久方ぶりに腕が鳴りまする」

「では、頼みますぞ」

「承知」

鎧戸と串部はぱっと左右に散り、敵の狙いを分散させた。

下妻藩きっての剣客にして「八つ胴斬り」の異名をとる鎧戸の技倆は、蔵人介や串部の想像を遥かに上回っていた。

「ふりゃ……っ」

たちまちに手練ふたりの首を刎ねとばし、三人目は頭蓋から股にむかって真っ向から斬りさげる。

敵どもは峻烈《しゅんれつ》な太刀さばきを目の当たりにし、どうしても慎重にならざるを得なかった。

一方、串部は串部で得意の臑斬りを仕掛け、つぎつぎに相手の臑を刈っていく。

河原はすぐさま、惨劇の場と化した。

「ええい、何をまごついておる」

佐保川は眦《まなじり》を吊りあげた。

可愛い顔がだいなしではないかと、蔵人介はおもう。

すくなくとも、鎧戸典膳の登場は想定外のことであったにちがいない。

蔵人介は抜くが早いか、ひとりの脾腹《ひばら》を掻き、別のひとりを袈裟懸けに斬りさげた。

「ぬぎゃっ」

さらに、血飛沫を避けながら舞うように斬りむすび、佐保川のもとへ肉薄する。

血の臭いに酔ったのか、夕霧は意識を失っていた。

宗次郎は歯を食いしばり、陰惨な光景を目に焼きつけている。

蔵人介の双眸《そうぼう》は、血煙のむこうに佐保川の凄艶な顔をとらえていた。

相手は二十歳そこその小娘。とはいえ、毒牙を秘めた南都の刺客にほかならない。

もはや、斬りすてる覚悟はできている。

「それ」

佐保川は五色の綱を自在に操り、頭上で風車のように旋回してみせた。

綱の先端には世の不浄を粉微塵に砕く金剛杵《こんごうしょ》が結ばれており、これに当たれば肉を裂かれ、骨を砕かれるにちがいなかった。

「われは不空羂索観音の眷属《けんぞく》」

と豪語するだけあって、佐保川もまた、容易ならざる刺客とみなさねばなるまい。

しかし、蔵人介には勝算があった。

「おなじ轍《てつ》は二度と踏むまい」

下忍《げにん》ひとりを刀の錆《さび》となし、蔵人介は間合いを詰めた。

「しぇい、やっ」

佐保川は両手を器用に操り、五色の綱を投げつけてくる。

生き物と化した綱は複雑な動きをみせ、先端の金剛杵は頭部や首を狙って上方左右から襲いかかってきた。

蔵人介は巧みに躱し、素早く前へすすんだ。

至近まで詰めれば、長い索条はあつかいにくい。

鼻先に迫る金剛杵を躱しきり、三間（約五・四メートル）の間合いから脇差を投《とう》擲《てき》する。

「やっ」

「なんの」

佐保川は仰けぞり、脇差を難なく躱す。

だが、蔵人介は隙を衝き、結界を破っていた。

「へや……っ」

鋭く踏みこみ、正面から中段突きをこころみる。

「うわっ」

佐保川も索条を投じたものの、あまりにも間合いが近すぎて、勢いの余った索条はみずからのからだに巻きついていった。

蔵人介の繰りだした刃は、薙ぎ袖の袂を串刺しにしている。

佐保川は動きを止められ、爪先を宙に浮かしたまま目を瞠《みは》ることしかできない。

すでに、配下の下忍たちも片づけられ、抗う余地はのこされていなかった。

死を覚悟した者の諦念《ていねん》が、渇いた眼球をわずかに濡らしはじめる。

「これで仕舞いか、呆気ないものよ」

刃をぴくりとも動かさず、蔵人介は溜息を吐いた。

「されど、決心がつかぬ」

小娘を手にかけるくらいなら、髪を剃って出家でもしたほうがよい。

「やはり、やめておこう」

薙ぎ袖から刃を引きぬくと、佐保川はその場にくずおれた。

元結いが解け、光沢のある豊かな黒髪が肩に垂れてくる。

黒髪の娘は怒りで紅潮した顔をあげ、鋭い眼光をむけた。

「早《はよ》う刺せ」

蔵人介は、ふっと笑う。

「そなた、化粧を落としたら、いちだんと美しゅうなったな」

「からかうでない。とどめを刺せ、さもなくば後悔いたすぞ」

「ほう、後悔するのか」

「そうじゃ。おなごひとり殺せぬようでは、公方を守ることなぞできぬわ」

蔵人介は胸を張り、凜然と言いはなつ。

「この場から去ね。そして、飼い主に告げるがよい。矢背蔵人介は、ただ待ってはおらぬ。つぎに仕掛けてきたときは容赦せぬと、そう伝えよ」

「ふん、どこまでも甘い男よ」

佐保川は逃げもせず、嫣然《えんぜん》と嘲笑う。

「姉小路さまは例幣使の持明院基兼さまを介し、南都最強の刺客を味方につけられた」

「南都最強の刺客とな」

「身は冷たき香気《こうき》に盈《み》ち、目にみえてそこに在らざる蜃気楼《しんきろう》。まぼろしの城をつかさどる乾闥婆《けんだつば》じゃ」

「乾闥婆」

「さよう、影は真なり。もはや、うぬらは屍骸《むくろ》になったも同然。乾闥婆の手に掛かれば赤子《あかご》の手をひねるようなものよ。くふっ、ふふふ」

――むぎゅっ。

酸漿《ほおずき》を嚙むような音が聞こえ、佐保川が口から血を流した。

舌を嚙みきったのだ。

「なんということを」

身を寄せて肩を抱きおこすと、佐保川は白目を剝いて痙攣《けいれん》しはじめた。

舌先は二寸ほどちぎれ、巻きこまれた舌の根が咽喉を詰まらせている。

口中から、血泡が溢れてきた。

もはや、手のほどこしようもない。

佐保川は、蔵人介の腕のなかで息絶えた。
「くそっ」
雨はまだ、降りつづいている。
天に亀裂が走り、稲光につづいて雷鳴が轟いた。
——どどおん。
落雷とともに、土手際に植わった立木が縦に裂ける。
河原に焦《こ》げ臭さがたちこめた。
——ごおおお。
天の咆哮《ほうこう》に共鳴し、空恐ろしい地鳴りがわきおこる。
「大地震《おおない》か」
足下の河原石が震え、地表が揺れに揺れはじめる。
蔵人介は仁王立ちし、濁流と化した山谷堀を睨みつけた。

乾闥婆《けんだつば》城《じょう》

一

鬱陶しい梅雨は明けた。

両国橋の上空には川開きを祝う花火が打ちあげられている。

広小路の喧噪は昼から宵へと移り、食い物や涼を売る屋台に混じって妖しげな見世物小屋なども軒をつらねていた。

藁《わら》人形や籠《かご》細工が飾ってあるかとおもえば、軽業師《かるわざし》、手品師、火吹き男、独楽《こま》まわし、猿まわしといった大道芸人も往来に繰りだし、浴衣を着た涼み客たちが団扇《うちわ》を揺らしながら通りすぎていく。

蔵人介は鐵太郎にせがまれ、金魚掬《すく》いに挑んでいた。

これがなかなか難しい。

三匹も掬えば網の薄紙が破れた。

「おどきなさい、わたくしがやってみましょう」

志乃が袖まくりで屈み、掬い網を右手に取った。

無造作に水面を滑らせ、つぎつぎに金魚を掬ってゆく。

気づいてみれば、左手の椀に七、八匹の金魚が泳いでいた。

「ほう、これはお見事」

「金魚掬いにも骨法《こつ》がある。骨法を知っているかどうかで人の生きざまに差が生じてくるのじゃ」

「はあ」

「四十を超えた御仁に申しあげても詮無いはなし。ねえ、鐵太郎」

「はい」

鐵太郎は元気に応じ、志乃に羨望と敬意の入りまじった目をむける。

「わたくしもやってみましょう」

かたわらの幸恵も掬い網を手に取り、水槽の際へ屈みこんだ。

水面にむかって掬い網を斜めに入れ、すいすい金魚を掬っていく。

志乃に劣らぬ手練であった。しかも、姑より一匹多く掬ってみせる。

「あら、うふふ、幸恵さんもけっこうおやりになる」

「ほほほ、お義母《かあ》さまにはとうていおよびませぬ」

ふたりは大首絵《おおくびえ》の描かれた団扇を口に翳して笑いつつも、目だけは笑っていない。

蔵人介は、やれやれと胸の裡で小さく溜息を吐いた。

鐵太郎は二十四近くの金魚が泳ぐ手桶を抱え、得意げな顔をしている。

四人は夜店を順にひやかしてまわり、広小路から船着場へ降りていった。

「さあ、涼み舟に乗りましょう」

本来の目的はそれなのだ。

志乃に命じられ、蔵人介は屋根船《やねぶね》を一艘《そう》みつけてきた。

長さ二十五尺（約七・六メートル）、幅六尺（約一・八メートル）、障子を立てまわした船には船頭がひとりつく。

船賃は大川をひとまわりして五百文、涼を買う値段としては高い。

ぼん、と花火が爆《は》ぜた。

「今宵は月籠もり、闇の夜空に花火が映えやすねえ」

老いた船頭は風情のある台詞を吐き、おもむろに櫓を漕ぎはじめた。

屋根船は静かに滑りだし、鏡のような川面に水脈《みお》を曳《ひ》く。

大川は艫灯《ともあか》りに埋めつくされ、まるで、蛍の饗宴をみているかのようだ。

涼み舟の狭間を縫うように、物売りのうろうろ舟もやってくる。

船頭は舟同士がぶつからぬように細心の注意を払わねばならない。

川縁から離れて浅草方面へ遡っていくと、左手に浅草御蔵の掘割がみえてきた。

五番目の堀に首を垂れている老木は、遊客が遊女との契りを願う首尾《しゅび》の松《まつ》であろう。

「宗次郎どのはお誘いしても来てくれぬ。今ごろどうしておられるのか」

志乃が寂しそうに、ぽつりとこぼす。

蔵人介もちょうど、厄介者の居候のことをおもっていたところだ。

いったんは吉原への出入りを禁じられたにもかかわらず、宗次郎は足抜の濡れ衣が晴れた途端、またもや廓通いをはじめた。無鉄砲で肝の太いところが松葉屋の楼主から気に入られ、揚げ代を只にしてもらえる身分になったのだ。

夕霧には生涯浮気せぬとの誓いを立てさせられたが、宗次郎にしてみればのぞむところであった。

「禍《わざわい》転じて福となす。おふたりがいつまでも仲良くいられるよう、首尾の松にお祈りせねばなるまい」

「養母上《ははうえ》、甘い顔をなさると、あやつは図に乗りますぞ」

「廓通いも修行のうち。屋敷から逃げられるよりはよいではないか」

誰も知らぬ土地へ消えてもらったほうが、どれだけ気楽かわからない。西ノ丸派が本腰を入れて動きだしている以上、宗次郎をのんびりと遊ばせておくわけにもいかなかった。

船頭は首尾の松を越えたあたりで、舳先をかえした。

ぼん、と花火がまた爆ぜる。

砕けちった花弁が闇に溶けゆく儚さは、遠くから眺めるほうが味わい深い。

やがて、何艘かの涼み舟に混じって、唐破風《からはふ》の屋根に山形飾《やまがたかざ》りを載せ、ずらりと提灯をぶらさげた屋形船が近づいてきた。

屋根船の三倍もある贅沢船は、倹約令で禁じられているはずだ。町方にみつかれば、手鎖《てぐさり》や闕所の罰が待っている。それでも、見栄を張るのが江戸っ子とでも言わんばかりの鼻息だが、よくよく眺めてみると様子がおかしい。

「う、あれは」

船頭は櫓を漕ぐ手を止めた。

唐破風に山形飾りとみえたものの正体は、金箔や朱で塗られた鉾《ほこ》なのだ。

屋形船そのものが祭礼のときに氏子《うじこ》が曳く鉾の形状につくりなおされ、断髪した白塗りの踊り子たちが大勢乗りこみ、囃子方《はやしかた》が笙《しょう》や篳篥《ひちりき》を風雅に奏《かな》でている。

「ここは鴨川《かもがわ》か」

と、錯覚してしまいそうな眺めだった。

「なるほどのう」

志乃が落ちついた口調で説明しはじめる。

「あれはどう眺めても祇園祭《ぎおんまつり》のときに巡行する鉾、踊り子たちは奴《やっこ》と称する島原の遊女たちじゃ」

祇園祭は盛夏の京で催される八坂《やさか》神社の祭礼。平安の御代、疫病《えきびょう》などで亡くなった人々の怨霊を鎮める御霊会《ごりょうえ》としてはじまった。断髪の遊女たちが山鉾巡行に供奉《ぐぶ》する光景は祭礼の風物詩でもある。

「ほら、あれを」

志乃が指差すさきには白い幟《のぼり》がはためき、墨文字で「蘇民将来之子孫也」と記された護符の文言がみえた。

「まちがいあるまい。あの鉾は、素戔嗚尊《スサノオノミコト》と習合した牛頭《ごず》天王を祀るためのものじゃ」

牛頭天王は龍宮の姫を迎えるべく南海へ旅立ち、途中で一夜の宿を求めた。財力の豊かな巨旦将来《こたんしょうらい》には拒まれたが、貧しい兄の蘇民将来《そみんしょうらい》には厚くもてなされた。そこで、本性をあらわした牛頭天王は巨旦一家を呪い殺し、爾後《じご》、人間界に災いをおよぼすことを告げて去った。ただし、蘇民将来の子孫だけは災厄を免れるものとされたのだ。

伝説に因《ちな》み、祭礼のときは家々の戸口に「蘇民将来之子孫也」という護符を貼りつける風習が定着した。荒ぶる古代神と一体になった牛頭天王は、地獄の番人である牛頭鬼《ごずき》の王ともいわれ、人間界に災いをおよぼす最強の疫病神《やくびょうがみ》にほかならない。これを祀りあげて封じこめるのが、祇園祭の秘された目的なのだという。

「それにしてもなぜ、大川なんぞに鉾を浮かべるのか。遊び半分にしては、おふざけが過ぎよう。それこそ、牛頭天王への冒瀆《ぼうとく》ゆえ、天罰が下されようぞ」

気づいてみれば、船頭が手拭いで顔を覆い、艫の端に縮こまっている。

「おい、どうした」

蔵人介が声を掛けると、船頭は声を震わせた。

「あれは船幽霊《ふなゆうれい》じゃ、みねえほうがいい。みた者は祟《たた》られる」

「船幽霊だと」

「そうじゃ。今朝方も佃島《つくだじま》沖に逆しまの鉾が浮かんでみえた。不吉なことが勃《お》こる兆しにちげえねえ」

「逆しまの鉾」

幸恵がつぶやいた台詞を、志乃が引きとった。

「もしや、それは海市《かいし》では」

「海市。養母上、それはなんでござりますか」

「鳴門《なると》の主《ぬし》の大蛤《おおはまぐり》、物《もの》の怪《け》のたぐいじゃ」

唐土《もろこし》では「蜃《しん》」と称され、貝の口から妖気を吹き、海上に楼閣城市《ろうかくじょうし》を映しだすのだとか。

「ふん、莫迦らしい」

「信じぬのか。そうした不遜《ふそん》な態度が災いを招くのじゃ。逆しまの鉾とはおそらく、海市が吐きだしてみせた蜃気楼のことであろう」

「ふうむ」

蔵人介は、佐保川がいまわに吐いたことばをおもいだした。

――身は冷たき香気に盈ち、目にみえてそこに在らざる蜃気楼。まぼろしの城をつかさどる乾闥婆じゃ。

しかし、目のさきに浮かぶ鉾が実体なき幻とはおもえない。

いつのまにか、雅楽の演奏は止んでいた。

美しい踊り子たちのすがたも消え、漕ぎ手すらいない屋形船が静かにすれちがっていく。

「ん、あれは……」

金青色の龍面に唐人装束、異様な風体のふたりが置物のごとく舳先に立っていた。

「……納曾利《なそり》」

蔵人介の脳裏に亀戸天神の惨劇が甦った。

志乃も、じっと舳先を睨みつけている。

鐵太郎は恐がり、幸恵の腕にしがみついた。

納曾利は何者かの眷属《けんぞく》なのか、奥まった暗闇には得体の知れぬ者の気配がわだかまっている。

「おもいだしたぞ」

志乃が声をひそめた。

「南都興福寺の天龍八部衆《てんりゆうはちぶしゆう》に乾闥婆なる神がおられる。今は帝釈天《たいしやくてん》に仕える護法神じゃが、天竺《てんじく》にあったころは人間界に災いをもたらす鬼神であった。牛頭天王のつかわしめともいわれ、みる者をひとりのこらず幻惑の虜《とりこ》にして啖《くろ》うたのだとか」

乾闥婆城とはまさしく、蜃気楼のことにほかならない。

屋形船は音もなく遠ざかり、暗澹《あんたん》とした闇に呑みこまれて消えた。

二

縁側に置かれた盥《たらい》には、赤白斑《まだら》の金魚たちが泳いでいる。

夜見世で買った朝顔の花弁が朝露を弾いてまもないころ、俎《まないた》河岸から義弟の綾辻市之進が訪ねてきた。

「義兄上《あにうえ》、お久しゅうござります」

「今日はまた、ずいぶんと早いな」

「早起きは三文の得と申しまする」

「めずらしく手柄でもあげたのか」

正直者の徒目付《かちめつけ》は分厚い胸を反らし、にやりと微笑んでみせる。

「そのようだな」

「いいえ、まだ手柄をあげたわけではございませぬ。どうにもひと筋縄ではいかぬようで」

「ともかく、聞いてやろう」

市之進はさきほどから、喋りたくてうずうずしている様子だった。

使番《つかいばん》から抜擢された原田采女《はらだうねめ》なる新参目付に命じられ、どうやら、漆《うるし》奉行の不正を調べているらしい。

「本丸の漆奉行といえば、川勝隼人丞《かわかつはやとのじょう》か」

同年輩の厳《いか》つい男だ。性は狡猾《こうかつ》、人を食ったような物言いをする。

「ご存じでしたか」

「親しくはないが、おなじ薄給奉行の身の上ゆえ、城中ですれちがえば挨拶くらいはな」

その川勝が寛永寺《かんえいじ》や増上寺《ぞうじょうじ》などへの漆器《しっき》および灯油、灯明の納入にあたり、御用達商人の大和屋藤兵衛《やまととうべえ》と結託して御用金を着服しているという。なお、この事実は内情に詳しい者の訴えによって発覚した。

「訴えた者の名は庄吉《しょうきち》、漆器蠟燭《ろうそく》卸問屋の大和屋に奉公する手代《てだい》です。なんでも主人の藤兵衛に恋女房を寝取られたとかで」

「恨みからの訴えか。されば、疑って掛かったほうがよいな」

「はい。されど、調べをすすめるうちに、訴えが信用するに足るものであることがわかってまいりました」

菩提寺《ぼだいじ》など徳川家と関わりの深い寺社へは、喜捨《きしゃ》とは別に御用金の分配がある。御用金は出納所《すいとうじょ》で管理されて必需品の購入に当てられるのだが、寛永寺や増上寺のように大きな寺ともなれば、購入する漆器の数は莫迦にならない。さらに、漆器よりも菜種油《なたねあぶら》や蠟燭の消費量が膨大で、納入を一手に担う漆奉行が不正をはたらく余地は充分にあった。

川勝の場合は、高値の見積もりを出させてから、大和屋に安価な額で納めさせ、いったん支払った分から差額を払いもどさせるという方法で私腹を肥やしているらしかった。

「ふん、なるほど」

「ところが、ここにきて探索は壁に」

「ぶつかったのか」

「はい」

川勝は城中の漆器類を取りあつかう納戸方との調整役でもあり、小納戸頭取をつとめる中野碩翁の子飼いにほかならなかった。

「そいつは手強いな」

「原田さまにご報告申しあげたところ、不正は不正、後ろ盾が碩翁さまであろうと誰であろうと、怯《ひる》んではならじと仰せられて」

「新米目付だけに威勢のいいことを抜かす。後で梯子《はしご》を外されぬように気をつけねばなるまいぞ」

「気をつけよと申されても、突っこむしかありません」

「ふふ、戦国の世なればまちがいなく、おぬしは猪《いのしし》武者《むしゃ》であろうな」

「なれど、本音を申せば迷っております。拙者ひとりのことでは済まされぬ。下手をすれば綾辻家の行く末にも関わってまいります。突っこむべきでしょうか。義兄上はどうおもわれますか」

「碩翁さまも甘い汁を吸っておるのだろうよ。川勝を追いこめば、表沙汰になってほしくない事も出てこよう。そうであるならば、かならずや、必死に身を守ろうとする。突っこむと申すならば、碩翁さまとその一派を根こそぎ敵にまわす覚悟がいる」

「承知しております」

「碩翁さまは上様のおぼえもめでたく、おぬしも知ってのとおり、中奥の老中など
と呼ばれておる。いや、上様との親密さからすれば、御老中筆頭の水野出羽守《でわのかみ》さま
もおよぶまい。されどな」

と、蔵人介は襟を正す。

「わしがおぬしなら突っこむ、ためらわずにな。ここが命の懸けどころ、死に花を
咲かせる好機と心得、川勝の不正をあばいてみせる」

「さすが義兄上。そう仰るものと予想しておりました」

市之進は晴れ晴れとした顔で言い、ほっと肩の力を抜いた。

「どうやら、行く道が決まったとみえる」

「はい、おかげさまで」

「そうだ、ひとつおもいだしたぞ」

蔵人介は、ぽんと膝を打った。

「なんでしょう」

「おぬしを脅すわけではないが、川勝は伯耆《ほうき》流居合《いあい》の達人だ」

「存じておりますよ。三年前の春、川勝どのは上様御前にて演武をご披露なされま
した。そのおり、桜花のびっしり咲いた枝をひょいと宙へ抛り、地に落ちるまでに

花弁をことごとく斬っておしまいになられたとか」

白書院の広縁は、雪の舞いちるかのごとくであったという。

家斉はえらく感服し、川勝に長谷部国重《はせべくにしげ》の作刀になる剛毅なひと振りを下賜《かし》された。それと同時に、小普請から漆奉行への昇進を下命した。

抜擢である。

何故、漆奉行なのかは判然としないものの、家斉が偶さかそのとき、朱塗りの盃で冷や酒を嘗めていたからとも伝えられていた。

「抜きの捷《はや》さは直参《じきさん》随一。いかに義兄上でも川勝隼人丞にはかないますまい」

「わしを煽《あお》ってどうする」

「城中きっての居合名人は川勝どのか、それとも義兄上か。この勝負、ちと観てみたくなりました」

「たわけたことを申すな。わしのことなぞはどうでもよい。それより、おのれの身を案じたほうがよいぞ」

「川勝どのに命を狙われるとでも」

「用心するに越したことはない」

「心しておきましょう」

市之進は幸恵のつくった昼餉も食わず、早々に去っていった。

宗次郎のことだけでも心配だというのに、余計な悩みがまたひとつ増えてしまった。

義弟を煽ってしまったことを、蔵人介はわずかに後悔した。

幸恵に救いを求めると、小笠原流弓術を修めた妻は不敵にも笑って応じる。

「お役目に殉じる覚悟がなければ、徒目付などつとまりませぬ。市之進はああみえて慎重な性分ですから、案ずるにはおよびませぬよ」

「さようかのう」

「それより、お殿さまのことが案じられてなりませぬ」

「わしのことがか」

「お殿さまが居合に長じておられることは、碩翁さまもご存じなのでしょう。さすれば、川勝隼人丞さまと勝負をさせてみようかと、何かのきっかけでおもいつかぬともかぎりませぬ」

「おまえまで、たわけたことを申すのか。ふたりを勝負させて、いったいなんになる」

「ちょっと観てみたい。ただ、それだけのことにござります」

幸恵は、頬をわずかに紅潮させた。

「碩翁さまならばいざ知らず、上様がさようにお考えなされたあかつきには、もはやこの勝負、断ることはできませぬ」

「御前試合になろうな」

「はい、おそらくは」

幸恵は夫の身が案じられると漏らしつつも、勝負の行方に興味津々《しんしん》といった顔つきだ。幸恵でさえそうなのだから、御前試合が催されると決まれば、城じゅうの噂にのぼることはまちがいない。

目立つことの嫌いな蔵人介としては、どうあっても避けたい事態だった。

ところが、運命とは、みずからの願いとはうらはらにすすむものなのであろう。

翌日、さっそく、御前試合の開催を伝える使者があらわれたのである。

すべての段取りは目付の役目、新参の原田采女が仕切りを任されることとなり、皮肉にも伝令として矢背家に訪れたのは、義弟の市之進にほかならなかった。

三

御前試合は六日後の水無月《みなづき》八日、白書院広縁《ひろえん》にて開催される。

試合がどういう経緯で決まったのかは、まったくわからない。それは市之進にしてもおなじことで、漆奉行への探索との関連も浮かんでこなかった。碩翁のおもいつきなのか、それとも、家斉が退屈しのぎに命じたことなのか、その点も判然としない。

ともあれ、蔵人介は命じられたとおりに動くしかなかった。

真剣ではなく、蛤刃《はまぐりば》の木刀を使った寸留めの申しあいと聞いたので、少しは肩の荷も軽くなったが、負けたほうは恥をさらしながら城勤めをつづけねばならない。負けるのも口惜しいし、勝っても虚しさを募らせるだけであろう。名誉なことはひとつもない。どうせ、公方の退屈しのぎにおこなう余興にすぎぬのだ。

しかし、上から命じられた以上、逃げだすことはできない。

それが禄を喰《は》んでいる者の哀しい宿命なのだ。

さっそく、この件を小耳に挟んだのか、公人朝夕人を介して橘右近から呼びだしが掛かった。

呼ばれた場所は城中の楓之間ではなく、日本橋の『柳川』なる料理茶屋だ。

瀟洒《しようしや》なつくりの二階屋は、問屋街で知られる横山町の一角にある。料理茶屋といっても太物《ふともの》屋の旦那衆が気軽に立ちよって酒肴《しゆこう》をとる見世のようで、大袈裟な門構えではない。ただ、骨抜きの泥鰌と笹掻《ささが》きを鶏卵でとじた美味い泥鰌鍋を食わせるというので、食通のあいだでは名が知られていた。

それにしても、職禄四千石の大身旗本がこのような庶民の見世を贔屓《ひいき》にしているとは意外だった。

「よう来たな」

丸眼鏡の橘は気軽な調子で手をあげ、蔵人介を隣の席へ招いた。

下座には公人朝夕人の土田伝右衛門が控えるのみ、ほかには誰もいない。

「久方ぶりに町屋の空気が吸いとうなってな。おぬしも辛気《しんき》くさい御用之間へ忍びこむより、こっちのほうがよかろう」

「仰せのとおりにござります」

「ふん、正直なやつめ」

刺身などの酒肴が一段落すると、ほっぺたの赤い女中たちの手で湯気の立った柳川鍋が運ばれてきた。

「まずは腹ごしらえじゃ。さあて、鬼役の舌に合うかどうか」

橘は鍋蓋をとり、醤油と味醂と酒の混じった甘辛い出汁《だし》の匂いを嗅いだ。

丸い眼鏡を白く曇らせ、嬉しそうに笑っている。

「さあ食え、遠慮いたすな」

「は」

蔵人介は素焼きの小鍋から泥鰌と笹掻きと煮汁を取りわけ、蓮華《れんげ》で掬って食べてみた。

「ほほう」

「どうじゃな」

「美味でござります」

本心から、感嘆の声が洩れた。

「そうであろう。わしもこれを食したときは入れ歯が笑いよったぞ。泥鰌ごときがこれほど美味いとはな。町屋の者たちのほうが城勤めのわしらなどより、よほど美味いものを食うておるわい」

「これまた、仰せのとおりにござります」

三人は黙々と鍋を食い、腹のできたところで用件にはいった。

「ほかでもない、おぬしを呼んだのは御前試合の件じゃ。かような茶番がいかなる経緯で決まったか、知りたいであろう」

「それを伺いたいがために、まかりこした次第」

「ふむ、されば説いてつかわそう」

橘によれば、やはり、碩翁が家斉を煽ったらしい。煽られた家斉も漆奉行と御膳奉行の対決にえらく興味をもち、吉日《きちじつ》を選んですぐにでも催せというはなしになった。

「碩翁はな、おもいつきで囁いたわけではない」

「と、仰ると」

「川勝を救うためさ。ひいては、それがおのれの身を守ることにもなる。川勝隼人丞は相当な悪党らしゅうてな、ただの飼い犬ではない。碩翁のきんたまを握っておる節がある」

川勝は目付から御用金着服の疑いを掛けられ、追及をかわす必要が生じたため、碩翁に相談を持ちこんだ。相談に乗った老練な碩翁の頭からひねりだされたのが、御前試合という茶番なのだと、橘は言いきる。

「何故、川勝を救う方法が御前試合なのでしょう」

「聞いておらぬのか。勝ったほうが家慶公のご継嗣となられるお方の剣術指南役を仰せつかることとなる」

「まことですか」

「ふん、やる気になったか」

「……い、いいえ、剣術指南役など畏れ多いこと」

「早まるな、ご継嗣争いは混沌《こんとん》としておる。西ノ丸の政之助さま、加賀前田家の犬千代丸さま、廓通いにうつつを抜かすどこぞの色男もふくめてのう……いずれにしろ、御前試合に勝てば鬼役から脱することもできよう。なにせ、二十年は長い。おぬしにしてみれば、またとない機会ではないか」

蔵人介はむっとしながら、眸子を光らせた。

「拙者に鬼役以外はつとまりませぬ」

「よう言うた。されば、負けるがよい。負けてもらったほうが、わしにとっては好都合じゃ」

橘は笑みすら浮かべ、淡々とつづける。

「勝てば嫌でも注目が集まろう。見も知らぬ連中から目をむけられるのは、かならずしもよいことではない。裏の役目がやりにくうなる」

「裏の役目と仰られても、拙者は橘さまの飼い犬になったわけではございませぬ」

「飼い犬などと、おのれを卑下《ひげ》した物言いはいたすな。わしが課そうとするお役目は正義の名のもとにおこなう所業、私利私欲から発するものではないぞ。まだわからぬのか」

「承知いたしております」

「されば、素直に承《う》けぬか。わしもちと待ちくたびれた」

蔵人介は沈黙するしかない。

ちっと、橘は舌打ちしてみせる。

「ともかく、碩翁は川勝の勝ちを寸毫《すんごう》も疑っておらぬ。勝てばご継嗣のお手直し役、なまなかなことでは目付ごときが悪事を追及できぬようになる。それが狙いよ」

「何故、相手役に拙者を選んだのでしょう」

「理由はいくつかある。ひとつには、おぬしが負ければ義弟の綾辻市之進が不正を追及しづらくなる。すべては怨恨からでた行為とみなされるであろうからな」

意のままにならぬ蔵人介への憎しみもあるはずだと、橘は指摘する。

「碩翁の気持ちはわからぬでもない。わしとて、おぬしには目にものをみせてやりたいとおもうておるゆえな。なれど、だいじなことは川勝に拮抗《きっこう》し得る相手であるということじゃ。なにせ、上様は桜花を雪と散らした川勝の妙技を目の当たりになされておる。尋常な相手ではご興味を惹けぬことくらい、碩翁もわかっておるはず。ふふ、噛ませ犬は強ければ強いほどよかろう」

「拙者は噛ませ犬ですか」

「さよう。川勝が勝たねば意味はないのだからな」

碩翁が蔵人介の名を口にしたとき、家斉は「ほう」と驚いてみせたらしい。

「箸で奉公すべき鬼役づれが刀をたくみにつかうのかと、上様は膝を乗りだされた。魚の骨取りよりも上手くできるかどうか、ちと観てみたいと仰せになられたとか。碩翁の策にまんまと嵌《は》められた恰好よ。されど、今となれば経緯なんぞはどうでもよい。わしが案じておるのは、御前試合という舞台そのもの」

当日は、大勢の家来たちが見物のために列席する。刺客に襲われた舞楽舞台の前例もあるので、家斉の身が危うくなる公算は大きい。

「刺客でござりまするか」

「さよう、ちと気になる者がおる。川勝と組んで悪事をはたらく御用商人のことじゃ」

「漆器蠟燭卸商いの大和屋藤兵衛なる者にござりますな」

「ふむ。じつは、この横山町に店を構えておる」

「ほう。それで、柳川をお選びに」

「まあな」

今から三年前、大和屋は川勝隼人丞が漆奉行に昇進するのと同時に御用達となった。それ以前の素姓は謎につつまれており、主人の藤兵衛自身、ほとんど公の場に顔を出したことがないという。

「平常は上方にあって、江戸へはたまに顔をみせるだけ。江戸店を切りもりしておるのは、いかにも生真面目そうな番頭での」

さすがに、よく調べさせている。

橘は皺顔をしかめ、入れ歯をもごつかせた。

「そもそも、大和屋なる屋号が気に食わぬ。しかも、あつこうておる漆器は、奈良漆器じゃ。いやがうえにも、南都を連想させるではないか」

「たしかに」

「引っかかることは、もうひとつある。こたびの不正を目付に訴えた庄吉とか申す手代のことじゃ」

「はあ」

「伝右衛門の調べによれば、庄吉なる者、右手が無いらしい」

「え」

「手首からさきを失っておるのさ」

「なんと」

心ノ臓をぎゅっとつかまれた気分になった。

「どうじゃ、おぼえがあろう」

脳裏に浮かんだのは蘭陵王を舞った神林香四郎の顔。橘も懸念《けねん》するとおり、大和屋を調べておく価値は大いにありそうだと、蔵人介はおもった。

四

遠くで時鐘《じしょう》が鳴っている。

「五ツか」

あたりはすっかり暗くなったが、横山町は両国広小路へ通じる大路に面しているので、人影は途切れずにあった。

蔵人介は橘右近と別れ、その足で大和屋へむかった。

まい。

表玄関の脇に夾竹桃《きようちくとう》が植わっていると聞いたので、まず、まちがうことはある

夾竹桃は数年前に唐土からもたらされた仏縁の樹木、今ごろの季節に桃色の大きな花を咲かせる。芳香をただよわせ、枝や葉を傷つけると白い毒液が滲みだしてくる。ともあれ、寺社の境内以外でみつけるのが難しい樹だ。

案の定、大和屋はすぐにみつかった。

なんのことはない、通塩町《とおりしおちょう》との境目を左手に曲がり、しばらくすすんだ角に間口の広い店が建っている。

蔵人介は表戸を敲き、顔を出した丁稚《でっち》になかへ入れてもらった。

薄暗い土間で待たされていると、痩せてあおぐろい顔の男が応対にあらわれた。

「手前が主人の藤兵衛にござりますが」

「ほ、さようか」

主人が店にいたので、蔵人介は少し驚かされた。

運があるのかもしれない。

「わしは矢背蔵人介と申す旗本じゃ」

「お旗本のお殿さまが、いったい、どのようなご用件で」

「漆奉行の川勝どのとは浅からぬ因縁がある。いちどご主人に挨拶したいとおもうておった」

「さようでしたか。どうぞ、お見知りおきを」

「ふむ」

なかなか動こうとしない蔵人介にむかって、藤兵衛は膝を躙《にじ》りよせてくる。

「漆奉行さまのお知りあいともなれば、手前どもとて疎遠にはできませぬ。失礼ながら、いくらかご入用なのでは」

「ふふ、察しがよいな」

はなしを適当に合わせつつ、蔵人介は上がり框に腰をおろした。

「これは気づきませんで。ただ今、お茶を」

「構わんでくれ」

藤兵衛は奥へ引っこみ、代わりにさきほどの丁稚が顔をみせた。

「そなた、名は」

「勘助《かんすけ》と申します」

年は十二か三であろう。

「勘助よ、右手首の無い手代がおるな」

「庄吉さまのことでしょうか」

「おう、そうだ。いったい、どうやって算盤《そろばん》を弾くのであろうな」

「庄吉さまに算盤は要りません」

「ほう、なぜ」

「頭のなかに算盤がございます。どのような桁《けた》の大きい数でも諳《そら》んじてみせるのですよ」

「ふうん。ところで、庄吉はいつから手首が無いのだ」

「さあ、よくわかりません。それに、お店をお辞めになりました」

「いつ」

「三日前にござります。患っていた胸の病が悪くなられたとかで」

「どこに住んでおる」

「さあ、存じあげません」

そうした会話を交わしていると、音もなく藤兵衛がもどってきた。

「矢背さま、いかがなされました。庄吉のことで何か」

「いやなに、右手が無い手代がおると聞いたものでな。どうやって算盤を弾くのか知りたいとおもうただけさ」

「さようでございましたか」

「ご主人にもお訊きしよう。庄吉なるもの、なにゆえ手首を失ったのだ」

「ふふ、どうしても、お知りになりたいようで」

藤兵衛は薄気味悪く笑い、袱紗をかぶせた三方を床に滑らせた。

「そのまえに、袱紗をお取りください」

「ん」

言われたとおり、紫色の袱紗を取ると、奉書紙に包まれた封の切られていない小判が山積みになっていた。

「五十両ございます。足りなければもっとご用意申しあげますが」

「充分じゃ。しかし困ったな、袂にはいりきらぬぞ」

「胴巻きをお貸しいたしましょう」

「すまぬ」

「ところで、さきほどのおはなしでございますが」

「庄吉か」

「はい、かの者が申すには、右手首を鬼に喰われたのだとか」

「なに」

「しかも、京洛の羅生門に棲《す》む鬼に喰われたと聞きました。まるで、渡辺綱《わたなべのつな》に腕を斬り落とされた鬼のはなしのようではないかと、庄吉に質しますれば、自分は鬼に喰われたのだから、逆さだと応じて笑いました」

「逆さか」

「くふふ、真に受けなさるな。手前も庄吉が手首を無くした理由なぞ知りませぬ。辻斬りに斬られたか、杣人《そまびと》が誤って鉈《なた》で落としたか、何を問うても庄吉は笑うばかり。ただ、かならずや、斬られた手首の借りは返してもらうつもりだと、その台詞を吐くときだけは殺気立った怖い顔になりまして」

何やら、狐狸とはなしをしている気分だ。

蔵人介は、ずっしり重くなった胴巻きを腹に巻いた。

「長居したな」

蔵人介は逃げるように潜り戸を抜け、外に数歩踏みだして振りむいた。

夾竹桃の芳香に誘われたのだ。

「おや」

表戸を敲いたときは気づかなかったが、左右の柱に真新しい護符が貼りつけてある。

近寄ってみた。
――蘇民将来之子孫也。
護符の文言に目を走らせ、蔵人介は石地蔵のように固まった。
「こ……これは」
牛頭天王の災いを避ける護符、大川に浮かぶ鉾船にあった護符とおなじものだ。
江戸では用をなさぬ護符と鉾、その出現が何を意味するのかはわからない。
「火の用心」
遠くで拍子木が聞こえた。
空を見上げても月はなく、昇龍のごとき群雲《むらくも》が風に吹かれて渦巻いている。
江戸に羅生門はないが、鬼の好みそうな闇はいくらでもある。
生臭い風に頬を嬲《なぶ》られながら、蔵人介は辻駕籠を探しはじめた。

五

五日経った。
御前試合の前日、蔵人介は譴責之間へ呼びだされた。

部屋にはいつになく険しい顔の碩翁が座っており、かたわらにはもうひとり、目つきの鋭い五十前後の男が座っていた。

「存じておろう、筆頭目付の木滑弾正《きなめりだんじょう》どのじゃ」

「は」

「これよりそなたに申しつけること、木滑どのもご列席のうえでしかと返答を貰いうけねばなるまいと考えた。そのまえに、いささか困っておるのはおぬしの義弟めのことじゃ」

「綾辻市之進が何か」

蔵人介は平伏したまま、目だけをぎろりと碩翁にむけた。

「ふほっ、怖い目でみよる。それが鬼の正体か、ふほほ……ま、戯れ言はさておき、おぬしの義弟はあまりに融通がきかなすぎる。漆奉行の一件よ。木滑どのがそれとなく探索におよばずと申しつたえたにもかかわらず、川勝隼人丞の周辺を執拗なまでに嗅ぎまわっておるとか」

「わたくしめに言われましても」

「困るか。そうは言わせぬぞ、おぬしの義弟であろうが」

「市之進はあくまでも、原田采女さまの命にしたがって動いております」

「その原田が食わせ者でな、新参者ゆえに手柄が欲しいのか、妙にはりきっておる。しかも、これがなかなかどうして手強い。原田家は河内《かわち》に知行地を有する八千石の大身でな、いかに筆頭目付の木滑どのとて気軽に強意見《こわいけん》は吐けぬのよ。若いだけに猪のごとく猛進するのはよいが、つまずいたときは怖いぞ。そうした男の命なぞ、適当に聞き流してしまえばよい」

「市之進は、曲がり角も四角に歩く性分にござる。御差配の命を聞き流すことなどできませぬ」

「さようか。なればなおさら、おぬしにやってもらわねばなるまい。明日の御前試合じゃが、負けてくれ」

碩翁は眉を八の字に下げ、ぺこりと頭をさげた。

「ほれ、このとおりじゃ」

蔵人介は少なからず衝撃を受けた。

傲岸不遜《ごうがんふそん》を地でゆく男が誰かに頭《こうべ》を垂れるすがたなど、みたこともなかったからだ。

ましてや、役料二百俵の鬼役づれにこれだけ気を遣うとは、よほど切羽《せっぱ》詰まっているとみるべきだろう。むしろ、原田采女と市之進が不正の核心に迫りつつある証左《しょうさ》とも受けとれ、蔵人介はできることなら追及の邪魔をしたくないとおもった。

御前試合で負けてしまえば、川勝にたいする爾後《じご》の追及は難しくなる。

碩翁はそのあたりも踏まえたうえで、頭をさげているのだ。

「剣術を極めた者にとって、御前試合は生涯一の晴れの場。負けろと申すのは死ねと申すに等しい。それはわかっておる、わかっておるがゆえに枉《ま》げて頼むのじゃ。川勝に負けてくれい」

「お待ちを、碩翁さま。川勝どのは世に知られた伯耆流居合の達人、尋常に勝負いたしても拙者が勝てるかどうかはわかりませぬ。だいいち、川勝どのはこのことをご存じなのでしょうか」

「いいや、知らぬ。わしの一存じゃ。まんがいちのことを考えてな。たしかに、おぬしの分《ぶ》が悪いとみておるがの、勝負はときの運。力の拮抗した者同士なればなおさら、風向きひとつで賽《さい》の目《め》は変わる」

蔵人介に「否《いな》」という選択肢はない。

断ればその瞬間から、針の筵《むしろ》に座らされたも同然となる。早々に御役御免を申しつかり、それで済むならまだよいが、陰湿な手段で家を取り潰しにされかねない。

碩翁にはそれだけの力がある。

「さあ、はっきりと返答いたせ。諾《だく》か否か」

「承《うけたまわ》りました」

蔵人介は蚊のなくような声を発した。

「ん、諾と申すのだな」

「は」

「それでよい。木滑どのもお聞きになられたか」

「しかと聞きました」

「ふむ。約定《やくじょう》を破れば、ただではおかぬぞ。それだけは肝に銘じておくがよい」

蔵人介は平伏し、ふたりが退席するまで顔をあげることもできなかった。

あまりに口惜しすぎて、顔じゅうが燃えるように紅潮してしまったからだ。

この日は午前で役目を終えた。

重たい気分で御納戸町の自邸へもどってみると、幸恵が赤飯を炊いて待っていた。

それだけではない。志乃を筆頭に家人がずらりと正座して出迎え、明日の勝利を祈念して膳には平常とちがう馳走がならんでいる。

「これはまた、ずいぶんと大袈裟な」

なかでも、伊万里《いまり》焼の大皿に盛られた、うち鮑《あわび》、かち栗《ぐり》、昆布は目を惹いた。

「うちかちよろこぶ。縁起を担がせてもらいましたよ」

と、志乃は笑う。

古《いにしえ》より武将は出陣前夜、この三種を好んで食してきた。

こうまでされると、蔵人介は罪の意識に潰されてしまいそうになる。

鐵太郎などは、合戦で一番手柄をあげた武将を仰ぎみるような目で、父親を誇らしげにみつめるのだ。

譴責部屋での経緯を明かすことは、とうていできなかった。どのような言い訳をしても、志乃や幸恵には聞き入れてもらえまい。諾したことを詰《なじ》られるにきまっている。

負けるとわかって勝負にのぞまねばならぬというのなら、潔く腹を切ればよかろう。

志乃などは、憤然とそのように吐きすてるはずだ。

たしかに、腹を切るほうがよほど武士らしい。

面目を立てることに命を懸けるのが、武士というものではないか。

だが、蔵人介は不思議なほど、そのあたりの意識が希薄だった。

生来、武士の体面にはあまりこだわらない。体面を傷つけられて死ぬくらいなら、物乞いをやってでも生きぬいたほうがよいとすら考えている。死は遺された者たちを悲しませる。敢えてみずから死を選び、たいせつな人々を悲しませることもなかろう。

それにしても、今宵の宴ほど辛いものはない。

日が落ちるころ、こうした事態を招いた市之進までが顔をみせた。矢背家と綾辻家のためにも、そして、何より不正の追及を完結させるためにも、是非、明日の御前試合には勝ってほしいと、涙ながらに懇願された。

美味いはずの料理は味もわからず、酒量だけが増えていった。

いつ眠ったのかもわからぬまま、蔵人介は決戦の朝を迎えた。

六

水無月八日、濠《ほり》の水面は緑の樹木を映し、堅牢《けんろう》な石垣や天に聳《そび》える御殿の甍《いらか》を際立たせている。

――どん、どん、どん。

青空に殷々《いんいん》と響くのは、武芸上覧の開始を告げる一番太鼓の音だ。

辰《たつ》ノ刻（午前八時）を過ぎたころから、白書院には大勢の重臣らが集まってきた。広縁にむかって左側、帝鑑之間の入側《いりかわ》前列には老中たち、後列には若年寄たちが座り、後方には大目付が控える。奥詰衆や布衣《ほい》格以上の役人らも帝鑑之間にぎっしり居並び、息苦しいほどであった。

碩翁は側用人《そばようにん》のかたわらに侍り、彫像《ちょうぞう》のごとく動かない。いかなる不測の事態が勃《お》きようとも、他人に動揺を悟られまいとするかのようだ。

「上様御成」

小姓の声が響いた。

家斉が嗣子家慶ともども上段之間に座すと、若年寄の堀大和守《ほりやまとのかみ》から目付の原田采女へ合図がおくられ、鏡新明智流《きょうしんめいちりゅう》の流麗な形から演武がはじまった。

演武者はひとり、ないしはふたり。打ちあいはない。

気合いを発することもなく、粛々《しゅくしゅく》とすすんでいった。

段取りは簡単、原田が姓名と流派を告げれば、左方から白鉢巻きに股立ちを取った侍がはだしであらわれ、終われば右方の引口へ退く。

剣術演武は新当《しんとう》流、心形刀《しんぎょうとう》流、無外《むがい》流、東軍《とうぐん》流、柳生新陰《やぎゅうしんかげ》流、小野《おの》派一刀《いっとう》流とつづき、槍術演武は大島当《おおしまとう》流、佐分利《さぶり》流、無辺無極《むへんむきょく》流、さらには南都宝蔵院《ほうぞういん》流にいたるまで、十八番におよぶ形や秘伝がやつぎばやに披露されていく。

中途で休憩を挟み、上覧は午後におよんだ。

烈《はげ》しい打ちあいはなくとも、見物人はそれなりに楽しみ、しきりに感心している。

だが、家斉を筆頭に誰もがみな、長々とつづく演武が申しあいの前座にすぎないことを知っていた。番外に用意された鬼役と漆奉行との申しあい、すべてはその一戦を盛りあげる趣向《しゅこう》でしかないのだ。

八ツ刻となり、空模様が怪しくなってきた。

陣太鼓が打ちならされ、原田の声が朗々と響く。

「おのおのがた、本日最後の御披露目にござりまする」

いよいよ、そのときがきた。

「御両者、いざ、まいらせい」

川勝隼人丞が横幅のある体躯《たいく》をあらわすと、見物人たちは息を呑んだ。

つづいて、痩せてひょろ長い蔵人介が俯き加減であらわれた。

ともに白装束に身を固め、白鉢巻きを締めている。

蔵人介は一段と凛々しくみえたが、心なしか表情は冴えない。

両者とも、三尺余りの木刀を握っている。

蔵人介はあらためて、川勝の顔を眺めた。

なかなかどうして、無骨《ぶこつ》な面構えをしている。

双眸炯々《そうぼうけいけい》、五体には過剰なほどの自信が漲《みなぎ》り、蛇に睨まれた蛙の気分にさせられた。

上覧席に列する者たちは、おおかた、蔵人介の不利を予想したにちがいない。

「ご両者、立ちあいませい」

判定役の原田采女に促され、ふたりは上座にむかって一礼し、ゆっくり左右に分かれた。

たがいに軽く一礼し、木刀を相青眼《あいせいがん》に構える。

するするっと、川勝が間合いを詰めてきた。

「はあ……っ」

裂帛《れっぱく》の気合いを発し、機先を制しようとする。

広縁の空気は一気に張りつめ、誰もが身を乗りだした。

蔵人介は黙然《もくねん》と応じ、木刀を下段に落として誘いかける。

咳払いひとつ聞こえぬ静寂のなか、微かな息遣いと床の軋《きし》む音だけが聞こえた。

ともに居合の達人だが、木刀での勝負だけに抜きの妙技は披露できない。

鞘が欲しいなと、蔵人介はおもった。

条件は相手もおなじ、達人と呼ばれるふたりのこと、木刀を軽く打ちあわせるだけで技倆はわかる。

「つおっ」

踏みこみも鋭く、川勝が中段突きを見舞ってきた。

「うおお」

満座は驚きとも声援ともつかぬ歓声をあげ、勝負の行方を刮目《かつもく》する。

木刀は風を孕《はら》み、蔵人介の頭髪を逆立たせた。

紙一重で身を沈め、木刀の先端を薙ぎあげる。

「なんの」

見事に弾かれた。

返しの一撃が横面を襲う。

これをかわし、独楽のように回転しながら水平斬りを繰りだす。

「けえっ」

川勝は猿《ましら》のごとく跳躍し、すぐさま、真っ向唐竹《からたけ》割りに斬りさげてきた。

「ぬうっ」

頭上で十字に受けた途端、二の腕が強烈に痺れる。
噂に違《たが》わず太刀ゆきは鋭く、膂力も尋常ではない。
蔵人介はけっして、手加減しているわけではなかった。
こうなると、負け方も難しい。
先方はこちらに躱される前提で、力任せに打ちこんでくる。
下手に打たせようとすれば、大怪我を負わされかねなかった。
「ふおっ」
突きがきた。
一段目を弾き、二段目の突きで負けてやろうとおもった。
はたして、そのとおりになった。
川勝の二段突きが、咽喉仏を破る寸前で留まったのだ。
寸留め、勝負あったかにおもわれたとき、判定役の原田が叫んだ。
「浅い」
川勝は木刀を引き、ぱっと身を離す。
そして、三白眼《さんぱくがん》で睨みつけてきた。
「小癪《こしやく》な」

丹唇《くちびる》を怒りでふるわせている。

判定が不服なのではない。わざと負けようとした蔵人介の遣り口を見抜き、莫迦にされたとおもったのだ。

「待て、しばらく」

入側に座す若年寄から声が掛かった。

蔵人介と川勝は、仕方ないので対面する恰好で座った。

「原田どの、こちらへ」

若年寄が囁いた内容は、家斉からもたらされたものらしい。

「こほん」

原田が立ち位置にもどった。

「ただいま、上様より御上意を賜りました。寸留めにては優劣の判定つけがたし、よって遠慮のう打ちこむべし」

家斉は、はっきりとわかる決着の仕方をのぞんでいる。広縁の床が血で穢れようとも、いずれか一方が瀕死《ひんし》の重傷を負おうとも、いっこうに構わぬという御墨付《おすみつ》きが出たのだ。

「御両者、よろしいかな」

迷惑千万なはなしだが、天下の将軍が直々に命じた内容に異を唱えられるはずもない。

寸留めなどという甘い考えは、最初《はな》から捨てるべきだったのだ。

それにしても困った。木刀で打たれたら痛いどころでは済まぬ。

蔵人介にしてみれば、負け方が一段と難しくなった。

「とあっ」

川勝は八相に構えて憤然と床を蹴り、鬼の形相で迫ってくる。

面打ち、胸突き、胴斬りと鮮やかな連続技を仕掛けられ、際どく躱しつづけるうちに息も荒くなってきた。

びしっ、びしっと打ちあう音が見物人の骨にまで響き、ふたりの気魄《きはく》で白書院全体が押しつぶされそうになる。

そろそろ、決着をつけねばなるまい。

「しゃっ」

蔵人介はとんと床を蹴り、大上段から頭蓋を狙った。

なかば本気で打ちこみ、巧みに脇腹を開いてみせる。

川勝は誘いに乗った。

「得たり」

頭上への一撃を鎬《しのぎ》で弾き、返しの一手を水平に繰りだす。

木刀がしなり、左脇腹を強烈に叩きつけられた。

「うえっ」

息が止まった。

立ってもいられず、胸を抱えてうずくまる。

肋骨の二、三本は折れたにちがいない。

が、このとき、蔵人介は川勝の太刀ゆきを目に焼きつけていた。

「くっ」

口中に錆《さ》びた血の味がひろがった。

木刀を取り落としたところで、ようやく「待った」が掛かった。

原田采女が口惜しそうな顔で、こちらを蔑《さげす》むように睨んでいる。

義兄が負けるはずはないと、市之進に吹きこまれたのであろう。

それを信じたがために、釣りかけた大魚を逃したのだ。

蔵人介は片膝を折敷き、腹に力を籠めた。

「お見事、まいりました」

耐えきれぬほどの痛みが襲いかかってくる。

負けてやったのか、ほんとうに負けたのか、よくわからない。

が、やはり、微妙なところで手加減をしたのは事実だ。

それを証拠に、川勝は怒りを必死にこらえている。

「ご両者、お控えなされい」

陽が翳ってきた。

どこかで雀が鳴いている。

家斉は満足したのであろう、しきりにうなずいていた。

これで良い。勝っても良いことなどひとつもないのだ。

橘右近の心配も杞憂《きゆう》に終わり、肩の荷がおりた気分だ。

明日からは当面、負け犬呼ばわりされるだろう。

誰になんと言われようが、気にはならない。

肋骨が折れた程度のことで、出仕を遠慮する気もなかった。

ただ、幸恵が肩身の狭いおもいをしたり、鐵太郎が近所の悪がきどもにいじめられたりはしまいかと、それだけが気懸かりで仕方ない。

蔵人介は折れた肋骨を押さえ、ひとり寂しく白書院から身を退いた。

七

志乃や幸恵の冷たい対応を予想していたが、存外に暖かく迎えられた。

「勝負はときの運、命あっての物種《ものだね》と申します」

志乃は明るく言いはなち、傷の具合まで診てくれた。

鐵太郎だけは不服そうだった。

父の負けがよほど口惜しかったのだろう。

すまぬなと、口に出して謝りたかった。

咽喉が異様に渇いたので、炒った大麦を煮出して冷ました麦湯を呑んだ。

肋骨はきれいに二本折れており、左手はまったく動かせない状態になった。

それでも、二十年も皆勤をつづけている蔵人介には、城勤めを休むことなど考えられない。

二日目には左手の吊り紐を外し、何食わぬ顔で出仕した。

城中では白い眼差しを浴び、陰口も叩かれたが、まったく気にはならなかった。

さすがに毒味御用は控え、相番の監視役にまわったが、一日じゅう脇腹の疼《うず》きに悩まされた。

左手をなんとか動かせるようになったのは、御前試合から五日目のことだ。肋骨の疼痛《とうつう》はあいかわらずだが、毒味御用をこなせる程度には恢復した。

そうしたおり、市之進が訃報《ふほう》を携えてあらわれた。

なんと、目付の原田采女が斬られたというのだ。

「昨夜遅く、拙者は原田さまと日本橋横山町の料理茶屋にて秘かに会合をもちました。その帰路、辻斬りに殺られたのでござります」

一刀で左の脇腹を剔《えぐ》られ、心ノ臓を破られたと聞き、蔵人介は眉を曇らせた。

「傷が疼きよる」

「お察しのとおり、刺客を放たれたのでしょう」

「斬られる理由でもあったのか。だいいち、漆奉行への探索は打ちきりになったのであろう」

「それが」

「探っておったのか」

「はい」

「莫迦め」

吐きすてると、市之進は口を尖らせた。

「川勝隼人丞の悪事に関わる動かぬ証拠をつかみました。大和屋の裏帳簿にござります」

「無駄骨ではないのか。川勝は剣術指南役に抜擢されたのだぞ。よほどのことでもないかぎり、土壇《どだん》へは送れまい」

「裏帳簿さえあれば、追いこむことはできます」

「いったい、原田さまと横山町のどこで会った」

「泥鰌を食わせる」

「柳川か」

「よくご存じで」

蔵人介は目を宙に泳がす。

「あそこの泥鰌鍋は、たしかに美味い。ま、それはよいとして、なぜ、役宅で会わなかったのだ」

「裏帳簿を流してくれた男に、柳川を指定されました。例の庄吉でござりますよ」

「右手首の無い手代か」

「はい」

「ふうむ」

考えこむ蔵人介の様子に、市之進は首をかしげた。

「義兄上、いかがなされた」

「おぬしらの会合を知る者はほかにおらぬ。とすれば、庄吉と原田さまの死を結びつけて考えねばなるまい」

「何を仰います。庄吉のおかげで、こたびの不正は露顕《ろけん》したのですぞ」

「そこだ。何故、一介《いっかい》の手代が漆奉行の不正を晒そうといたすのか」

「恨みからでござりましょう」

小鼻をぷっと張ってみせる義弟にむかい、蔵人介はあっさり言いはなつ。

「それはないな」

「……ど、どうして義兄上にわかるのです」

「庄吉なる者がわしの知る男ならば、裏に隠された意図があるはず」

「何を仰っているのやら、さっぱりわかりませぬ」

市之進は首を横に振り、口をへの字に曲げた。

「まあよい。庄吉とはどうやって会う」

「それが、居所はわかりません。まるで逃げ水のような男で、こちらが求めてもあられず、時折、むこうからひょっこり顔を出します」

「逃げ水のような男か」

益々《ますます》もって怪しいなと、蔵人介はおもった。

「市之進、この一件から手を引け」

「え」

「原田さまは左の脇腹を一刀で剔られたと申したな」

「はあ」

「それは伯耆流の秘妓だ。磯之波《いそのなみ》と申してな、御前試合でわしの肋骨を折った技でもある」

「まさか、川勝隼人丞が」

「切羽詰まって、凶事におよんだのやもしれぬ」

蔵人介の発言に驚き、市之進は考えこんでしまう。

「ともあれ、川勝相手では歯が立つまい。探索をつづけたところで、命を縮めるだけのはなし。原田さまの死は無念であろうが、神仏の訓戒《くんかい》と心得よ。まかりまちがえば、おぬしが殺られておったかもしれぬのだぞ」

「いまさら、あきらめることなどできませぬ。たとい、刺客の的となっても、いえ、そうであればなおさら、漆奉行の不正をあばいてみせまする」

「まいったな」

止めようとすればするほど抗ってみせる。厄介な義弟の性分を、蔵人介はあつかいかねた。

「おぬしのことだ。これ以上の忠告は無駄か」

「ようわかっておられますな」

「されば、夜道はひとりで歩くな。四ツ辻は用心いたせ」

市之進は真剣な顔でうなずき、妙なことを洩らす。

「そういえば、庄吉が口走っておりました。なんでも、大和屋が金主となって横山町から付山車《つきだし》を出すのだとか」

「付山車」

「義兄上、お忘れですか。明後日は天下祭ですよ」

「あっ、そうか」

将軍家も上覧する天下祭とは、一年交替で催される夏の山王祭《さんのう》と秋の神田明神《かんだみようじん》祭のことだ。辰年の今年は山王祭の番で、夜明け前から往来に山車が引きだされ、牛に曳かせて江戸中を練り歩く。一番山車は大伝馬町《おおてんまちよう》の諫鼓鶏《かんこどり》、二番目には日吉《ひよし》山王権現《さんのうごんげん》の使者である猿がつづき、山車はぜんぶで四十五番におよぶのだ。

番外の付山車が渡御《とぎょ》するのは稀だが、ないことはない。

市之進によれば、付山車の題材は素戔嗚尊が八岐大蛇《ヤマタノオロチ》を退治する場面であるという。

「まことかよ」

素戔嗚尊と聞いて、蔵人介は祇園祭の鉾を想起し、瞋恚《しんい》の炎を纏った牛頭天王を脳裏に浮かべた。

無論、付山車も半蔵《はんぞう》御門から城内への渡御を許され、家斉の上覧を受ける。

刺客にしてみれば、またとない機会となろう。

「くうっ」

肋骨の疼きに耐えかね、蔵人介は小さく呻いた。

八

祭の前日、蔵人介は横山町の『柳川』へ足をむけた。

予想どおり、公人朝夕人を介して橘右近から呼びだしが掛かったのだ。

御前試合のときは杞憂に終わったが、こんどばかりは危うい。

天下祭ともなれば、大奥や西ノ丸からも女子供が列席する。緋毛氈《ひもうせん》の敷かれた特設の上覧席には贅沢な酒肴が所狭しと並べられ、徳川家の血縁がすべて顔を揃えるのだ。

家斉の警固役を仰せつかっても、右腕一本しか使えぬ状態では役にたつかどうかもわからない。

もどかしいおもいを抱えながら、蔵人介は辻駕籠に揺られつづけた。

気づいてみると大路の喧噪は遠ざかり、灯火寂しい町屋のはずれへむかっている。

「おい、止めろ、どこへ行く」

妙だなと察して声を掛けると、駕籠かきは足を止めた。

「逃げろ」

乱暴に駕籠を捨て、小汚い尻をみせて遁走《とんそう》する。

垂れを撥ねあげると、川風が駕籠脇を吹きぬけた。

神田川が近い。

馬喰町《ばくろちょう》の御用《ごよう》屋敷も遠くにみえる。

ここは初音《はつね》の馬場《ばば》であろうか。

周囲は薄暗く、草莽《そうもう》の妖しく風に揺れる景観だけが広がっている。

ふいに闇が動き、人の声が聞こえてきた。

「怪我の具合はどうじゃ。肋骨が疼くのではないか」

川勝隼人丞《こ》の蒼褪《あおざ》めた顔が、五間（約九メートル）ほどさきに浮かびあがった。

頬は瘦け、眉に険しさはなく、まるで別人のようだ。

「矢背蔵人介、おぬしとは決着をつけねばならぬ」

「なぜ」

「おのが胸に訊いてみよ。御前試合でわざと負けたな。どうせ、碩翁あたりに命じられたのであろう」

「おぬしは碩翁の子飼い。それゆえ、目付の原田さまを斬ったのではないのか」

「斬ったのはわしの一存よ。あの新参目付、ちょろちょろ目障《めざわ》りでのう。よいか、碩翁なぞは老いた梟《ふくろう》も同然、あと三年もすれば中奥から消える。碩翁どころか、上様も代替わりとなろう。そのとき、おのれの身をどこに置いておるのかが肝要《かんよう》だ」

「さては、西ノ丸派に鞍替えしたな」

「西ノ丸様が金の座布団に近いというだけのことさ」

予想以上の食わせ者だ。この男は独特の嗅覚をはたらかせ、権力の座に近い者に侍ろうとしている。

「野心ゆえか」

「ほかに何がある。わしはな、ゆくゆくは側用人に出世し、公方を意のままに操ってみたいのじゃ」

「おもしろいことを抜かす。吹けば飛ぶような漆奉行のくせに」

「のぞまねば何事もかなわぬ。二十年もひたすら毒味御用をつとめてきた者には、わかるまいて。おぬしは笹之間の壁に生えた黴《かび》じゃ。舌ばかりか、脳味噌も心も腐っちまったのであろう。わしに言わせれば、出世をのぞまぬ侍なぞ生きる資格はない」

「わしを黴と言うなら、抛《ほう》っておけ」

「抛っておけば繁殖する。始末に負えなくなるのでな。ぐふふ、さあ、死ぬがよい」

「待て。市之進も殺る気か」

「案ずるな。おぬしのつぎに始末してやる。このへし斬り長谷部《はせべ》でなあ」

川勝は鮫革《さめかわ》の巻かれた柄《つか》をぽんと叩いた。

堅牢な黒鞘に納まった刀が、織田信長も愛用した「へし斬り長谷部」のはずはない。だが、家斉より下賜された長谷部国重《くにしげ》の業物《わざもの》であることにかわりはなかった。

「これがな、凄まじい斬れ味なのよ」

「ふうん」

「おぬしの得物はどうじゃ……ほう、長柄刀か。銘《めい》は」

「来国次」

「ほほう、本物なれば垂涎《すいぜん》の逸品。おぬしを斬る理由がひとつ増えた」

「ほざけ」

「この長谷部国重、おぬしにくれてやってもよいぞ。ただし、右腕一本でわしを斃《たお》せたらのはなしだ、ぐふふ」

川勝はひとしきり笑い、肩の刀を抜いた。

本身《ほんみ》を抜かず、じりっと爪先を躙《にじ》りよせてくる。

蔵人介も抜かない。

低い姿勢で躙りよる。

双方ともに居合の達人、抜き際の一刀で勝負は決まる。

仕掛けたほうが不利なことを承知しているので、容易には踏みこめない。

蔵人介は肋骨をへし折られた代償に、川勝の太刀ゆきを見切っていた。
下段から剔るように薙ぎあげつつ、必殺の「磯之波」を繰りだすにちがいない。
勝つためには、相手のうえをゆく太刀ゆきの捷さが要る。
ただし、今の蔵人介には左手で鞘口を握り、後方へ引く動作ができない。
あきらかに、不利であった。
だが、不利だからこそ、勝てるという自信はある。
相手の慢心をつくのだ。
「ふん」
仕掛けたのは、蔵人介のほうだった。
川勝は、得たりとばかりにほくそ笑む。
慢心が一瞬の隙を生んだ。
国次の柄の目釘《めくぎ》が弾けとぶ。
柄の内から、きらりと刃が閃いた。
「なに」
仕込み刃である。
八寸の抜き身が、川勝の咽喉仏に深々と刺さった。

「ひ……卑怯なり」
命の取りあいに卑怯も糞もない。
蔵人介は表情も変えず、刃を引きぬいた。
「ふえっ」
ぶしゅっと、鮮血がほとばしった。
川勝の眸子に、脅えの色が浮かぶ。
死への恐怖が、迫りあがってきたのだ。
つぎの瞬間、ぷつっと意識が途切れた。
国重の柄を握ったまま、川勝は仰向けに倒れていった。
生温かい返り血が、蔵人介の肩を黒々と濡らしている。
屍骸に歩みより、柄を握った指を引きはがし、国重を奪った。
「これが御下賜の名刀なら、おぬしにはもったいない」
国重を鞘に納めて右手に提げ、蔵人介は馬場に背をむける。
さて、横山町の『柳川』へ急がねばならぬ。
しばらく歩むと、往来に商家の灯がみえた。
ほっと安堵の息を吐いたところに、講釈師らしき男の不気味な声が聞こえてきた。

「……天竺より下界に下りし大王は、面は牛にして鋭い二本の角をもち、夜叉《やしゃ》のごとく口が裂けておられたとか。言わずと知れた牛頭天王にござありまする。牛頭天王が巨旦の一族を呪い殺したは有名なはなし、巨旦将来は僧千人を招いて大般若《だいはんにゃ》経《きょう》を誦経《ずきょう》させたがゆえに、屋敷を囲繞《いにょう》せしめた経典六百巻が堅牢な盾と相成り申した。にもかかわらず、たったひとりの法師が経文を一字読みとばしたその穴から、大挙、大王の手下どもが侵入したのでござあります。これぞまさしく蟻《あり》の一穴《いっけつ》、油断大敵火がぼうぼう……」

四ツ辻の暗がりに床几《しょうぎ》を置き、男は誰に語るともなく、奇妙な説話を滔々《とうとう》と喋りつづける。

「おい」

蔵人介は捨ておくことができず、居丈高《いたけだか》に声を掛けた。

「おぬしは辻講釈か」

「いいえ、筮竹《ぜいちく》占いにござりまする」

男は俯いたまま、薄く笑う。

「なぜ、笑う」

「お武家さまのお顔に、死相が浮かんでござります」

「わしの顔もみずに、適当なことを抜かすな」

「心眼《しんがん》にて観相《かんそう》してござる」

「なに」

よくみると、男は右手首からさきが無い。

「さてはおぬし、宇治の茶師か」

「お人違いにござりましょう」

男はふっと顔をあげた。

なるほど、はじめて目にする顔だ。

「おぬし、右手をどうした」

「どうしたとはまた、妙なお尋ねで」

「まさか、羅生門の鬼に喰われたのではあるまいな」

「ふふ、ようおわかりで」

「庄吉とか申す大和屋の手代か」

「手代は辞めました。今は筮竹占いと説話語りで糊口《ここう》をしのいでおりまする」

「さきほどの説話、誰に聞いた」

「はあて、誰であったか」

「おちょくるのか」

「とんでもない」

「漆奉行をはめたな。なぜだ、あやつは金の生《な》る木であろうが」

蔵人介に問われ、笠竹占いは声色を変える。

「金なぞいらぬ。あやつは用無しになったから捨てた」

「なに」

「あやつもおぬしも厄介な山狗《やまいぬ》。山狗同士を闘わせれば一方は傷つき、一方は死ぬ。くくく、すべては思惑どおりになった」

「なんだと」

「わしらが欲しいのはただひとつ、公方の首じゃ」

笠竹占いは言いはなつや、床几を蹴倒し、へいとばかりに後方へ飛んだ。

蔵人介は一瞬遅く、長谷部国重を薙ぎはらう。

「ぬふふ、片手斬りもお手のものらしい」

「やはり、おぬしは茶師なのだな」

「顔なぞ、どうにでもつくることができるわ」

「おぬしら、天下祭にかこつけて、城内へ潜入する気か」

「潜入はできても、公方に近づくのはなかなかに難しい。警固の連中が十重《とえ》二十重《はたえ》に取りまいておろうからな。なんというても、おぬしと公人朝夕人が邪魔で仕方ない。術が容易に効かぬ相手じゃ」

「ひとつ教えてくれ。乾闥婆とは何者だ」

「明後日の祭にはすがたをみせよう。ただし、乾闥婆は影、鬼役には斬れぬ」

ごうっと、風が哭《な》いた。

折れた肋骨が、ひりひりと疼く。

いつの間にか、茶師の気配は消えていた。

九

水無月十五日、晴天。

茹《う》だるような暑さのなか、煌びやかな山車の行列が千代田城を取りまいた。

一番山車の諌鼓鶏にはじまり、日吉山王大権現の眷属である猿、巨大水車、松に羽衣《はごろも》、弁天、春日龍神、月に薄《すすき》、神功《じんぐう》皇后、日本武尊命《ヤマトタケルノミコト》、幣《ぬさ》に大鋸《おおのこ》、斧《おの》に鎌、茶臼《ちゃうす》人形等々、そして四十五番の猩々《しょうじょう》まで、山車の行列は悠然とすすんでいく。

渡御の途上にある町屋は宵宮《よみや》より軒に提灯を飾りつけ、桟敷《さじき》を構えて陣幕を張り、緋毛氈を敷いて金屏風を立てまわし、見物の仕度をととのえた。

祭を司る日吉山王大権現は南西の鎮守《ちんじゅ》、将軍家の氏神《うじがみ》でもある。

渡御順路の警備は全大名に割りあてられ、昨夜から江戸の中心は物々しい雰囲気に包まれていた。

氏子たちは明け方に茅場《かやば》町《ちよう》の薬師《やくし》堂へ参ったあと、御城の外郭を半周巡って麹《こうじ》町《まち》大路にいたり、半蔵御門から城内へはいる。城内では千人を優に超える御殿女中なども挙《こぞ》って観覧におもむき、贔屓の山車には御下賜金が贈られた。

山車と山車の狭間には神輿もみえる。小町娘の姿態も艶やかな踊《おどり》舞台があれば、巨象の張り子や珍奇な装束の唐人行列、薙刀《なぎなた》を提げた法師《ほうし》武者たちも見受けられた。

絢爛《けんらん》豪華な行列は一里余りにもおよび、午ノ刻になって一番山車が常盤《ときわ》橋御門から退城してもなお、後列の山車は麴町大路をゆったりとすすんでいた。鳥瞰《ちようかん》すれば、金銀箔《きんぎんぱく》や朱の鱗《うろこ》に彩られた巨大な龍が城内をうねりながら通りぬけていくかのようだ。

天守台を正面にみる高台の桟敷《さじき》には、徳川家の血縁がずらりと顔を揃えている。

家斉正室の茂姫、お美代の方をはじめとする側室たち、西ノ丸からは家慶と御簾《ごれん》中《じゅう》の楽宮、嫡男の政之助、お美津の方などの側室たち、背後には老女や守役《もりやく》が控え、なかには楽宮に影とつきしたがう姉小路のすがたもあった。

緋毛氈の敷かれた桟敷の周囲には、老中を筆頭とする重臣たち、御三家からは水《み》戸《と》家、御三卿の面々、譜代および外様の大大名、さらには奥詰衆に大奥の女中たち、これらを取りまく警固の侍たちと、夥《おびただ》しい数の男女が城内の一角を埋めつくしている。

蔵人介は公人朝夕人ともども、緋毛氈の下段に控えていた。

家斉の周辺は腕の立つ番士や小姓たちで固められたが、敵は得体の知れぬ相手だけに油断はできない。

重臣席には橘右近も控え、厳しい顔で山車の行列に睨みを利かせている。

やがて、昼餉の馳走が朱塗りの椀に盛られて出された。

調理された品々は、鬼役たちの舌をくぐらせたものばかりだ。

碩翁の命令一下、毒に関しては過剰なほどに警戒を払っている。

山車の行列は二十四番の神功皇后から羽衣、浦島《うらしま》と縁起物がつづくあたりだった。

前列のどよめきにつられて目を凝らすと、羽衣と浦島の狭間に極彩色の巨大な山車が忽然とあらわれた。

「あれはなんじゃ」

家斉の疳高い声が聞こえた。

「上様、日本橋横山町の付山車にござりまする」

応じたのは、すぐそばに侍る碩翁であろう。

「ほほほ、なんとも剛毅な御山車にござりますなあ」

と、お美代の方が袖で口を隠して笑う。

「雲を衝くほどの大男が、剣で大蛇を突いておるわえ」

家斉の寵愛を受けるだけあって、茂姫など眼中にないといった横柄《おうへい》な態度である。

当の茂姫のみならず、西ノ丸派の女たちが憎々しげにお美代の方を睨みつけた。

「お方さま、かの大男は素戔嗚尊にござりますよ」

「なるほどのう。されば碩翁どの、あれは八岐大蛇を退治しておるところかえ」

「いかにも、さようでござります。かの剣は三種の神器、天叢雲剣《あめのむらくものつるぎ》にほかなりませぬ」

碩翁とお美代の会話だけが、やけにはっきりと聞こえてくる。

家斉は意地汚く馳走を食い、家慶はひたすら酒を呑んでいた。

女たちや重臣らは口も利かず、ただひたすら馳走をたいらげてゆく。

山車の車輪が軋む音にまじって、氏子たちの掛け声が海鳴りのように聞こえてくる。

お美代の方が箸を休め、袂をつかんで指を差した。

「碩翁どの、あの巫女《みこ》は誰じゃ」

「え」

「ほれ、山車のてっぺんにある美しいおなご。あれは生身の人であろう」

「さようでござりますなあ。ちとお待ちを」

蔵人介も身を乗りだしていた。

なかば、呆気にとられている。

前髪を垂らした巫女装束の女、その顔に見覚えがあるのだ。

「あれは……佐保川」

山谷堀の河原で舌を嚙んだはずの女が、付山車の頂部に佇んでいる。

ふたたび、碩翁の声が聞こえてきた。

「お方さま。聞けば、かの者は京洛よりまかりこした八坂神社の巫女にござります。名は、佐紀《さき》と申すのだとか」

「八坂神社の祭事と申せば、祇園祭ではありませぬか」

「仰せのとおりにござります」

蔵人介の耳には、もはや、会話は聞こえてこない。

佐紀と名乗る女の左右には、ふたりの納曾利《なそり》が眷属のごとく控えている。

しかも、そのうちのひとりは右手首からさきが無かった。

もしや、佐保川には双子の姉妹でもあったのだろうか。

——身は冷たき香気に盈ち、目にみえてそこに在らざる蜃気楼。まぼろしの城をつかさどる乾闥婆《けんだつば》じゃ。

甦ってきたのは、佐保川がいまわで吐いた台詞だった。

佐紀なる巫女こそが乾闥婆、南都最強の刺客だというのか。

頭が混乱しかけてきた。

「うっ、苦しい」

われに返ってみると、何やら桟敷の様子がおかしい。

振りむけば、継嗣の家慶が泡を吹いて倒れている。

「うう……く、苦しい」

お美代の方も正室やおつきの女たちもうつぶせになり、あるいは仰向けになって転がり、苦しげに咽喉のあたりを掻きむしっている。

碩翁は中腰になり、口をぱくつかせながら惨状を眺めるしかない。

緋毛氈のうえには、朱塗りの椀や盃が散乱していた。

「これか」

蔵人介は盃を拾いあげ、匂いを嗅いだ。

「夾竹桃だな」

枝や葉を傷つけて搾りとった毒液は神経を麻痺させ、最悪は人を死にいたらしめるという。

大和屋は奈良漆器の卸元、漆奉行の川勝隼人丞を通じ、漆に毒液を混入させた漆器をこの日に合わせて納入させたのだ。

毒は食べ物にではなく、椀に塗られていた。

「鬼役どの、ご警戒を」

公人朝夕人の土田伝右衛門が、隣から叫びかけてくる。

桟敷の周辺でもばたばたと人が倒れ、医師たちが右往左往しはじめた。

もがき苦しむ者たちの呻き声が充満するなか、山車の行列は何事もなかったかのように通りすぎてゆく。

肝心の家斉は慌てず、騒がず、毒にあたった素振りもみせず、退席を促す側近をも振りきり、泰然と座したまま正面を見据えている。

その眼差しが狂気を帯びていることに、蔵人介はいち早く気づいた。

「上様、上様、お気をたしかに」

いくら叫んでも、声は届かない。

蔵人介は、桟敷のうえへ駆けあがった。

そのときである。

衣擦れとともに、真横から人影が飛びだしてきた。

姉小路だ。

両手で懐剣を握っている。

「やめろ。上様、危ない」

制止も虚しく、鋭い刃が家斉の腹に吸いこまれた。

「ぎゃはははは」

姉小路は柄から手を放し、哄笑しはじめる。

公人朝夕人が風となり、派手な着物の脇を擦りぬけた。

「うけっ」

姉小路は胸乳《むなぢ》を裂かれ、その場で回転しながらくずおれた。

緋毛氈に血が染みこみ、血腥《ちなまぐさ》い臭いがひろがっていった。

「上様、上様」

橘右近が必死に叫んでいる。

家斉の太鼓腹には、懐剣が刺さったままだ。

ところが、天下の将軍は痛がりもしない。

「うわっ、おやめなされ」

橘の制止も聞かず、無造作に懐剣を引きぬいてみせた。

ぶっと、血が噴きだす。

橘も蔵人介も、棒立ちになった。

「傷は浅うござります」

公人朝夕人が吐きすてた。

懐剣は分厚い脂肪に阻まれ、内臓まで達していないようだ。

家斉は口をすぼめ、大きく息を吸いこんだ。

一転、空は掻き曇り、城全体が瞬時にして黒い霧に包まれた。

「瘴気《しょうき》か」

家来どもは酩酊したように徘徊《はいかい》しはじめ、護衛どころのはなしではない。

瘴気を吸った者は、敵であれ味方であれ、闘う意欲を減じられるのだ。

橘は嘔吐《おうと》を繰りかえし、公人朝夕人でさえ桟敷に這いつくばっている。

蔵人介は頭の痛みをこらえつつ、手拭いで鼻と口を覆った。

桟敷の周囲には、攻撃を阻むかのように、黒煙の緞帳《どんちょう》が張りめぐらされた。

家斉はとみれば、毒蝦蟇《どくがま》のように咽喉を膨らまし、瘴気を吐きつづけている。

いや、そんなふうにみえただけだ。

生身の人が空を覆うほどの毒を吐くわけがなかろう。

瘴気は、乾闥婆なる得体の知れぬ刺客によって張りめぐらされたものだった。

ぎしっ、ぎしっと、車輪の軋みが近づいてきた。

やがて、それは五弦の琵琶《びわ》を奏でる美しい音色に変わり、左右に捲《めく》れあがった緞帳のむこうに山車の影があらわれた。

山車とみえたが、それはちがう。

いつぞやか、大川に浮かんだ祇園祭の鉾だ。

目の錯覚か、それこそ蜃気楼なのか。

鉾は逆しまとなって緞帳に垂れさがり、滑るように迫ってくる。

「うわああ」

われ知らず、蔵人介は叫んでいた。

十

目に浮かぶ光景は幻なのか、それとも悪夢なのか。

「鬼役め、やはり、おぬしが最後の砦《とりで》か」

目睫《もくしょう》に迫った納曾利のひとりが、叫びかけてくる。

茶師ではない。

「何者じゃ、うぬは」

納曾利は面を剝ぎとった。

「ん、大和屋藤兵衛か」

「今ごろ気づきおったか。いつぞやか、亀戸天神で矢を射掛けたのもわしよ」

そして、持明院基兼の側にあったもうひとりの納曾利は、茶師の神林香四郎だった。

「持明院さまは嘆いておられる。阿呆な公方ひとりを屠《ほふ》るのに、これほど手間が掛かろうとはのう。われらとて予想もしておらなんだわ。なれど、今日こそは仕留めてみよう。乾闥婆の手を借りずとも、われら眷属の手でな」

「そうはいかぬ」

「ふふ、手負いの山狗が相手をいたすか」

嘲笑されても、蔵人介は胸を張った。

「鬼役は蟻の一穴を補う盾。わしを斃さねば結界は破れぬぞ」

「されば、死ね」

駆けよせる藤兵衛の背中には、もうひとりの納曾利が隠れていた。

「香四郎か」

蔵人介は低く身構え、ずらっと国次を鞘走《さやばし》らせる。

「けえ……っ」

藤兵衛の頭上高く、香四郎が舞いあがった。

上下に重なったふたりは、同時に三尺の白刃を抜く。

「ぬはは、鬼役め、これがこの世の見納めじゃ」

ふたつの刃が、唸りをあげて迫ってくる。

上段の面打ちはかわせても、下段の突きは躱せまい。

逆もしかり、藤兵衛の突きをかわした途端、香四郎に頭蓋を割られる。

どう考えても、蔵人介に勝ち目はないかにみえた。
刹那、蔵人介の左手が隠していた別の白刃を抜いた。
両刀だ。
来国次と長谷部国重、天下に名だたる名刀を、蔵人介は角のように突きたてた。
「ふりゃ……っ」
腹の底から気合いを発し、猛然と両刀を繰りだす。
「ぎゃっ」
返り血が、雨のように降ってきた。
蔵人介の握る長谷部国重の切っ先が、藤兵衛の左胸を串刺しにしている。
一方、右手に握られた来国次は風車のごとく旋回し、香四郎の首を刎ねていた。
「莫迦め」
蔵人介は、息絶えた藤兵衛を蹴りつけた。
鼓動が脈打つたびに、耐えがたい痛みが全身を走りぬける。
藤兵衛は仰向けに斃れ、香四郎の死に首は桟敷に転がった。
家斉はとみれば、あいかわらず腹這いのまま、苦しそうにしている。
やはり、椀に塗られた毒にやられたのであろう。

周囲を見渡しても、まともに動けそうな者はいない。

なぜか、蔵人介だけが瘴気を吸っても平気だった。

なぜかはわからぬ。

五体には気力が横溢《おういつ》し、肋骨の痛みすらもやわらいでいく。

「ほほほ、眷属どもをいとも容易《たやす》う葬ってくれはったなあ」

女の笑い声が聞こえた。

いよいよ、乾闥婆の登場だ。

黒い緞帳を破ってあらわれたのは、佐保川にそっくりの女であった。

手にしているのは刀ではなく、絹の道を通って大陸から南都へもたらされた五弦琵琶である。

「佐紀というのか、おぬしは」

「名など、どうでもよい」

「佐保川は、おぬしのなんだ」

「双子の妹や。なれど、あやつは落ちこぼれ。わたしの影でありつづければよかったものを、禁裏の命と称して、わたしのもとを逃れたのじゃ」

「おぬしとて、禁裏の命を帯びて江戸へ出向いてきたのであろうが」

「ふふふ、そうやない。蘭奢待《らんじゃたい》を欲する者は権力に溺れた仏敵、滅せんといたすは神仏のご意志なり。おぬしも正倉院宝物殿を守りつづけてきた者の末裔なれば、おわかりであろうに。そこな醜き蝦蟇をみよ。欲に溺れた者の末路とは寂しいものよ。ああなってしまえば、生きる価値もない」

妙に納得できる。

だが、蔵人介は直参であるかぎり、公方を守らねばならない。

突如、佐紀の声色が野太くなった。

「去《い》ね。さもなくば誅《ちゅう》す」

「のぞむところ。へやっ」

蔵人介は桟敷を蹴り、結界に飛びこんだ。

みえていたはずの相手は消え、三間余りも遠くに佇んでいる。

べん、べべんと五弦琵琶を弾きながら、佐紀なる女は微笑んでみせた。

「おぬしに、わたしは斬れませぬ」

まさしく逃げ水のごとく、追おうとすれば逃げていく。

実体はなく、目にみえているものは幻なのか。

ひゅんと、風が袖下を吹きぬけた。

痛みを感じて目を遣ると、右袖がちぎれ、腕にぱっくりひらいた金瘡《きず》ができている。

「そは鎌鼬《かまいたち》、飯綱《いづな》権現のつかわしめなり」

「ふん、あやかしめが」

「それ」

右に左に風が吹きぬけるたびに、鋭い痛みが走りぬけた。

追えば逃げられ、対峙すればすかさず鎌鼬を飛ばされる。

蔵人介には、まったくなす術《すべ》がない。

忽然と、佐保川の台詞が甦ってきた。

――影は真なり。

死の際で洩らされた台詞の意味は、なんだったのか。

「覚悟いたせ、矢背蔵人介」

佐紀が琵琶の弦を切った。

柄を外すと、仕込み刀になっている。

蒼白く光る刃を目にし、蔵人介はにんまりした。

相手は魔物でも物の怪でもない、生身の人なのだ。

刃と刃で勝負できるとわかれば、やりようはある。

「うりゃ……っ」

右八相から片手で袈裟に斬りつけた。

が、手応えはない。

水面に映る人影を斬るようなものだ。

逆しまに刃風が唸り、胸を浅く斬りさげられた。

「くっ」

返しの水平斬りは、またもや空を切った。

「ほほほ、無駄と申すに」

蒼白い閃光が、斧のように振りおろされてくる。

これを弾きかえし、蔵人介は後方へ飛びのいた。

すかさず、鎌鼬が襲いかかってくる。

腿《もも》を傷つけられ、桟敷に膝を屈した。

「そろそろ、手仕舞いにいたしましょう」

琵琶刀を逆手に構えた佐紀が、つつっと身を寄せてくる。

――影は真なり。

台詞の意味が、唐突にわかった。
好機はただ一度、蔵人介は眼前の幻を睨みつけ、はっとばかりに跳躍した。
瘴気の群雲に、細長い影が映っている。
「すりゃ……っ」
その影を斬った。
「うっ」
骨を断った感触がある。
地に舞いおりた蔵人介の背後に、佐紀の首が落ちてきた。
膝を折敷き、素早く納刀する。
刺客の死に首は手鞠《てまり》のように転がり、家斉の膝先でことりと起きた。
大きく双眸《そうぼう》を瞠《みは》り、血の涙を流している。
耳まで裂けた真紅の口で、嚙みつこうと狙っているかのようだった。
家斉は首に目もくれず、蔵人介を睨みつける。
「大儀」
凜然と言いはなち、席を立った。
つぎの瞬間、瘴気は晴れ、青空がもどった。

山車の行列は、何事もなかったかのようにつづいている。

血腥い桟敷の惨状も知らず、多くの者たちは観覧にうつつを抜かしていた。

乾闥婆は元来、天竺の神々のなかで最強の軍神因陀羅《インダラ》に仕える奏楽神《そうがくしん》であったという。香りを食べ、みずからも強い香気を発散し、好んで人を惑わす性格から、魔術師とも呼ばれた。

乾闥婆の異名をもつ佐紀なる者が、南都最強の刺客であったかはさだかでない。

ただ、このときを境に、刺客の跳梁《ちょうりょう》はみられなくなった。

持明院基兼がほどもなく頓死《とんし》したことも、理由のひとつにあげられるのかもしれない。

死因は、何者かによる毒殺であった。

誰がやったのか、どうして、凶行におよんだのか。

詳しいはなしは、誰も知らなかった。

天下祭から一年と五カ月余りのち。

天保四年の霜月晦日《しもつきみそか》、家斉はついに仁孝《にんこう》天皇より勅許《ちょっきょ》を得た東大寺正倉院所蔵の蘭奢待を一寸八分ほど切りとったのである。

蔵人介は傷ついた身を引きずり、御納戸町の自邸へ帰りついた。

城中で勃《お》こった出来事を語って聞かせても、志乃や幸恵は信じまい。信じろと言うほうがまちがっている。

涼しい風が吹き、宵の雨がぽつぽつ降ってきた。

縁側から庭をみやれば、紫の花を咲かせていたはずの靫草《うつぼぐさ》は枯れ、すっと伸びた茎のさきが黒褐色に縮んでみえる。

「夏枯草《かごそう》か」

靫草の異名だ。

色の変わった花穂を拾いあつめ、蔵人介は利尿剤に使おうとおもった。

このところ、どうも、小便の出がかんばしくない。

「そういえば、上様も」

数年前から、疝気《せんき》で悩んでおられると聞いた。

蔵人介には、蝦蟇のように這いつくばった家斉のすがたが忘れられない。

「過ぎてしまえばすべてまぼろし、あってなきかの出来事にすぎぬ。なべて世はこともなし」

何があったか知らぬはずなのに、志乃は含蓄のある台詞を残して仏間へと去っていく。

やはり、今日の出来事は悪夢だったにちがいない。

雨はあがり、雲間から満月が顔を出した。

「とってもよいお月さま。御酒でもいかが」

幸恵に優しく囁かれ、蔵人介はおもわず目尻をさげた。

二〇一二年六月、光文社文庫刊

図版・表作成参考資料

『図解　江戸城をよむ――大奥　中奥　表向』（原書房）

『江戸城本丸詳圖』（人文社）

光文社文庫

長編時代小説

乱《らん》　心《しん》　鬼役《おにやく》　圀　新装版

著　者　坂《さか》　岡《おか》　真《しん》

2021年11月20日　初版1刷発行

発行者　鈴　木　広　和
印　刷　新　藤　慶　昌　堂
製　本　ナショナル製本

発行所　株式会社　光　文　社
〒112-8011　東京都文京区音羽1-16-6
電話（03）5395-8149　編　集　部
8116　書籍販売部
8125　業　務　部

落丁本・乱丁本は業務部にご連絡くだされば、お取替えいたします。

ISBN978-4-334-79275-6　Printed in Japan

組版　萩原印刷

佐伯泰英の大ベストセラー!

夏目影二郎始末旅シリーズ

堂々完結!

「異端の英雄」が汚れた役人どもを始末する!

決定版

(一) 八州狩り
(二) 代官狩り
(三) 破《は》牢《ろう》狩り
(四) 妖怪狩り
(五) 百鬼狩り
(六) 下《げ》忍《にん》狩り
(七) 五《ご》家《け》狩り
(八) 鉄砲狩り

決定版

(九) 奸《かん》臣《しん》狩り
(十) 役者狩り
(十一) 秋《しゅう》帆《はん》狩り
(十二) 鵺《ぬえ》女《め》狩り
(十三) 忠治狩り
(十四) 奨《しょう》金《きん》狩り
(十五) 神君狩り

夏目影二郎「狩り」読本

光文社文庫

光文社文庫

長編時代小説

乱　心

鬼役参

新装版

坂岡 真

光 文 社